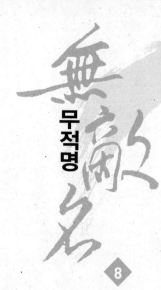

無敵名
무적명

8

백준 신무협 장편소설

ORIENTAL FANTASYSTORY & ADVENTURE

dream
books
드림북스

무적명 8

초판 1쇄 인쇄 / 2012년 5월 4일
초판 1쇄 발행 / 2012년 5월 14일

지은이 / 백준

발행인 / 오영배
편집팀장 / 권용범
책임편집 / 편집부
펴낸 곳 / (주)삼양출판사 · 드림북스

주소 / 서울특별시 강북구 송천동 322-10호
대표 전화 / 02-980-2112 팩스 / 02-983-0660
편집부 전화 / 02-980-2116 팩스 / 02-983-8201
블로그 / blog.naver.com/dreambookss

등록번호 / 제9-00046호
등록일자 / 1999년 3월 11일

값 8,000원

ISBN 978-89-542-4656-9 (04810) / 978-89-542-4303-2 (세트)

* 지은이와 협의하에 인지는 생략합니다.
* 잘못된 책은 구입한 곳에서 바꾸어 드립니다.

無敵名
무적명
8
백준 신무협 장편소설
ORIENTAL FANTASYSTORY & ADVENTURE
dream books
드림북스

無敵名
무적명

목차

제1장
반갑지 않은 재회

"장검명."

장권호는 저도 모르게 주먹을 쥐었다. 그동안 죽었다고 생각했던 장검명이 지금 눈앞에 서 있었기 때문이다.

그의 얼굴은 과거에 비해 변한 게 없어 보였다. 자신이 봤던 그 모습 그대로 서 있었으며, 한결 더 여유로운 모습에 기품까지 엿보였다.

"……?"

유영천은 자신의 이름을 부르는 장권호의 얼굴을 잠시 바라보다 그를 향해 공격하는 무사들에게 고개를 돌려 낮게 말했다.

"그만."

그의 음성은 낮았지만, 그 파장은 무겁고 강하게 사방으로 울려 퍼졌다. 장권호의 사자후가 하늘 높이 솟구치는 종류라면 그의 목소리는 잔잔한 파도처럼 사방으로 퍼지는 소리였다.

그의 단 한 마디에 모든 무사들이 행동을 멈추고 물러섰다.

휘릭!

옷자락 휘날리는 소리와 함께 향비와 광비가 유영천의 뒤에서 모습을 나타냈다. 그들은 유영천이 나타나자 화색을 띤 얼굴로 기세등등한 기도를 내뿜었다.

"그리운 이름이군."

유영천은 계속 낮은 음성으로 중얼거렸다. 그의 눈은 여전히 장권호를 응시하고 있었으며, 장권호의 얼굴에서 무언가를 찾으려 했다. 그러다 장권호의 얼굴에 어렸을 적 그의 모습이 겹쳐지자 눈을 크게 떴다.

"권호?"

장권호가 그 말에 고개를 끄덕였다. 유영천은 그제야 매우 놀랍다는 듯 장권호의 앞으로 빠르게 다가갔다.

"이게 얼마만이냐? 이렇게 늠름하게 자라다니 정말 놀랍구나."

유영천이 반가운 마음에 팔을 벌리고 다가가자 장권호가 손을 내밀었다.

"멈춰."

"······?"

유영천은 그 말에 발을 멈추었다. 장권호의 기세가 심상치 않았기 때문이다.

"왜 그러느냐? 나는 반가워 죽겠는데 말이다."

"죽은 사람이 살아 있어서 혼란스러울 뿐이다."

장권호의 말에 유영천은 고개를 갸웃거렸다.

"무슨 소리지? 내가 죽었다는 말이냐?"

장권호가 그 말에 고개를 끄덕였다. 그러자 유영천은 어이없다는 듯 웃었다.

"그건 또 무슨 소리냐? 내가 죽다니? 나는 이렇게 버젓이 살아 있는데 말이다."

"분명 죽었다고 들었어."

"그래?"

유영천의 표정이 굳었다. 장권호의 얼굴은 자신이 정말로 죽었다고 생각한 것처럼 거짓 없는 표정이었기 때문이다.

"장백파도 멸문했지. 알고 있나?"

"그건 또 무슨 말이냐?"

"장백파가 멸문하고 둘째 사형이 죽었다."

"······!"

유영천의 얼굴에서 표정이 사라졌다. 그 모습을 보고 장권호가 다시 말했다.

"무적명(無敵名) 만리행(萬里行). 알고 있지?"

유영천은 장권호의 입에서 튀어나온 말에 미미하게 고개를 끄덕였다.

"알고 있지. 그래서 그게 무슨 소리지? 십 년 만에 만난 사형이 반갑지도 않느냐? 나는 너무 반가워 기분이 좋은데 말이다."

"강호에 나와 사람들에게 물어보니 삼도천의 천주가 무적명이라 하더군. 만약 사형이 우리 장백파를 멸문시킨 흉수(凶手)라면 나는 절대 가만있지 않겠어."

장권호의 살기에 유영천은 짧은 숨을 내쉬며 멀리 지붕 위에 서 있는 장로들을 둘러보았다. 그들은 유영천의 시선에 허공을 날아 그의 뒤로 내려섰다.

"무슨 일인지 아시오?"

"공천자가 잘 알지 않겠습니까?"

장로들 중 한 명이 말을 하자 유영천은 고개를 끄덕였다. 강호의 일은 거의 공천자가 도맡아서 처리를 했기 때문이다.

"들은 이야기가 있느냐?"

향비에게 시선을 던지자 향비가 고개를 저었다. 유영천은 곧 장권호를 바라보며 말했다.

"뭔가 오해가 있는 모양이군."

"오해?"

"나는 잘 모르는 일이다. 그러나 …… 장백파가 멸문했다고 하니 안타까우면서도 나쁘지 않아."

유영천의 말에 장권호의 표정이 굳었다.

"무슨 소리지?"

"너를 만난 건 반갑지만 장백파가 멸문한 사실이 슬프지 않다는 소리다."

그의 말에 장권호는 살기를 뿌리기 시작했다. 유영천이 이어 말했다.

"장백파는 나의 원수였기 때문이다."

"……!"

유영천의 한마디에 장권호가 매우 놀란 표정을 보였다. 유영천은 짧은 한숨을 내쉬며 다시 말했다.

"내 원수였던 장백파가 멸문했으니 기분이 좋구나. 홀가분하고 즐거워……. 단지 안타까운 사실은 둘째가 죽었다는 것이다. 그래도 네가 살아 있어서 반갑고 기쁘구나. 이런 복잡하고 미묘한 감정이 무엇인지 도저히 설명을 못하겠다. 슬프면서도 한편으로는 기쁘고, 또 한편으로는 안타깝구나. 아직 수양이 부족한 모양이다. 내 감정은 내스스로 다스릴 수 있다고 믿었는데 말이다."

"개소리 집어치우고 네가 무적명인지만 말해."

장권호의 말에 유영천은 고개를 저었다.

"무적명은 중원이고 중원이 무적명이다. 나는 중원을 대신하는 삼도천의 천주이자 무적명의 이름을 쓰는 사람일 뿐."

"결국 천하제일은 네놈이란 소리군."

"후후……."

유영천의 미소에 장권호가 검과 도를 뒤에 서 있던 서영아에게 주었다.

"가지고 틈이 생기면 피해."

"네? 피하라니요?"

서영아가 낮은 장권호의 목소리에 놀라 되물었다.

"그렇게 해라."

"네."

서영아가 낮게 속삭이듯 대답했다. 곧 장권호는 유영천을 향해 시선을 던지며 말했다.

"장백파를 배신하고 나를 속이고 사형과 제자들을 죽이고 스승님을 기만하다니……. 속은 줄도 모르고, 살아 있는 줄도 모르고 지금까지도 가끔 네가 보고 싶었지. 그리웠다고 해야지……."

장권호의 말에 유영천은 고개를 끄덕였다. 그의 원망 섞인 말을 모두 들어주고 싶었기 때문이다. 하지만 그럴 수가 없었다. 사람도 많았고, 무엇보다 자신은 삼도천의 천주였다.

"내 원한의 대상이었던 장백파를 버리고 내 고향인 중원을 선택한 것이다. 오해는 마라. 나는 단지…… 내 자리로 돌아왔을 뿐이다."

"시끄러."

팟!

장권호의 신형이 사라지더니 어느 순간 유영천의 면전에 나타나 주먹을 내질렀다. 그의 주먹이 눈앞에 나타나자 유영천은 미소를 지으며 손을 내밀었다.

팍!

주먹과 손바닥이 부딪치는 순간, 유영천의 왼 팔꿈치가 장권호의 허벅지를 찍었고 장권호가 다리를 빼며 뒤로 물러섰다.

유영천이 물 흐르듯 앞으로 한 발 나서며 수도로 장권호의 목을 가격하려 했다. 하지만 장권호가 고개를 숙이며 유영천의 복부로 주먹을 내질렀고 유영천은 옆으로 피했다.

그러자 장권호는 내지른 주먹을 꺾어 팔꿈치로 유영천의 가슴을 찍었다. 하지만 유영천이 자연스럽게 손바닥으로 팔꿈치를 막았다.

파팍! 팍!

둘의 그림자가 연무장 중앙에 마치 수십 인이 싸우는 것처럼 환영으로 나타났다. 연무장에는 둘의 옷자락 부딪치는 소리와 함께 공기의 파공성이 크게 메아리치고 있었다.

"대단하군."

천주와 호각으로 싸우는 장권호의 모습을 보며 장로들이 중얼거렸다. 향비는 도저히 자신의 눈으로 좇아갈 수 없는 둘의 움직임에 눈을 부릅뜨고 있었다. 어떻게 해서라도 움직임을 찾기 위해서다.

"잘 봐라. 이런 기회는 흔하지 않으니 절대고수들의 대결을 본다는 건 평생에 한 번 있을까 말까 한 기회다."

장로들 중 백발에 왜소해 보이는 노인이 말하자 향비와 광비가 고개를 끄덕였다. 그의 말처럼 절대고수들 간의 대결은 운이 따라주지 않는 이상 볼 기회가 없기 때문이다.

콰쾅!

폭음과 함께 장권호의 주먹과 유영천의 장이 부딪쳤고 강한 바람이 사방으로 휘몰아쳤으며 구경하던 사람들은 더더욱 뒤로 물러서야 했다.

"음……."

타탁!

뒤로 십여 걸음 빠르게 물러선 장권호는 그 자리에 서 있는 유영천을 바라보았다. 유영천은 장을 내민 모습 그대로 미소를 보인 후 곧 자세를 풀고 섰다. 장권호는 가슴을 부여잡다 안색을 바꾸며 깊은 숨을 내쉬었다.

"반선장(反旋掌)?"

유영천은 장권호의 물음에 고개를 끄덕였다. 장권호의 눈동자가 번뜩였다. 자신이 펼친 내력을 유영천은 모두 튕겨내듯 되돌려주었기 때문이다.

유영천이 말했다.

"장백파의 무공도 익인 내게 장백파의 무공으로 대항하려 한다면 그건 네가 나를 너무 우습게 여기는 일이다."

"나를 아직 그때의 소년으로 생각하는 모양이군."

장권호의 말에 유영천은 고개를 끄덕였다.

"몇 년이 지나고 몇십 년이 지나도 내겐 그저 막내로만 보일 뿐이야. 그건 어쩔 수 없는 일이지."

유영천의 미소 지으며 한 말에 장권호는 내력을 끌어 올리며 말했다.

"장백파의 일을 정말 모른다고? 그런데 어째서 장백파에 네 검만이 돌아온 것이지?"

그 말에 유영천은 이미 생각을 한 듯 미미하게 고개를 끄덕였다.

"모든 사건에는 원인이 있고 결과가 있지. 내가 죽었다는 사실을 단순히 그저 믿었던 것이냐? 조사도 제대로 안 하고 말이다."

유영천의 말에 장권호는 미간을 찌푸렸다. 유영천이 살아 있을지도 모른다는 가능성은 전혀 생각지 않았다. 거기에다 강호에 나와 지금까지 많은 경험을 했지만, 무적명의 정체에 대해 알아갈수록 의문점도 많았다.

하지만 지금은 그 모든 게 중요하지 않았다. 눈앞에 자신을 가르치고 함께 시간을 보낸 대사형이자 아버지 같은 장검명이 서 있었기 때문이다. 동시에 삼도천이, 삼도천에 속한 장검명이 장백파를 멸문시킨 것은 사실이었다. 그렇게 믿었다.

"다시 한 번 말하지만 장백파의 무공으로는 나를 이기지 못한다. 내가 너와 헤어져 지낸 십 년을 모르듯이 너 역시 나의 십 년을 모르지 않느냐?"

"여전히 쓸데없는 말이 많아."

"하하하하하!"

장권호의 말에 유영천이 호탕하게 웃었다. 그리고 곧 미소 띤 얼굴로 말했다.

"여전히 퉁명스러운 놈이군."

"천성이다."

"나도 천성이다."

유영천의 말에 장권호는 주먹을 굳게 쥐었다. 그의 기도가 전과 달리 서서히 난폭하게 변해가자 유영천이 말했다.

"장백파의 무공을 모두 익히고 난 이후에 내가 가장 먼저 한 일이 무엇인지 아느냐?"

"……?"

장권호가 호기심 어린 눈빛을 던지자 유영천이 웃으며
말했다.

"바로 장백파의 무공에 가장 어울리는 무공을 찾아 배
우는 것이었다. 그래서 익힌 게 바로 절전된 반선장이다.
두 가지가 더 있는데 바로 호접무(護蝶舞)와 유선도강(流
線道强)이다. 모두 보여주고 싶구나."

전설적인 무공 세 가지를 연이어 말하는 유영천의 말에
장권호의 눈빛이 번뜩였다. 그의 투기가 크게 자라기 시작
하자, 유영천은 자신이 장권호의 투지를 불태우는 말을
했단 사실을 깨달았다. 그리고 장권호가 여전하다고 생각
했다.

눈앞에 벽이 있다면 그 벽을 어떻게 해서라도 넘으려 하
는 사람이 바로 장권호였고, 그는 그럴 능력도 있었다.

장권호가 말했다.

"내가 장백삼공을 어디까지 익혔다고 생각하나?"

"흐음……. 장백삼공은 다 익히기가 어렵지. 그래 어디까
지 익혔지?"

유영천이 상당히 궁금하다는 표정을 보이자 장권호가
곧 깊은 심호흡을 했다. 그러자 그의 눈동자가 파리하게
변하더니 육각의 각이 지는 듯 보였고 그의 머리카락이 바

람이 없는데 휘날리기 시작했다.

"얼마 전 용장공(龍障功)까지 익혔지."

"……!"

유영천의 눈동자가 커졌다. 용장공은 그 누구도 익히지 못한 장백삼공 중 하나였기 때문이다. 그렇다는 말은 이미 장권호가 장백삼공의 이단계인 중삼공을 모두 익혔다는 뜻이었다. 그 말은 중원에서 말하는 노화순청의 경지에 닿아 있다는 뜻과 일맥상통(一脈相通)했으며 이미 금강불괴를 이루었다는 말이었다.

"괴물이 되었구나."

"피차일반 아닌가?"

장권호의 말에 유영천은 고개를 끄덕였다. 그의 전신에서도 강한 투기가 흘러나오기 시작했다. 장백삼공을 익혔던 유영천 역시 용장공이 도대체 어느 정도인지 궁금했기 때문이다.

자신도 익히지 못한 무공이었기에 용장공에 대해서는 대비책이 없었다. 그리고 설마 하니 장권호가 장백삼공 중 장삼공의 경지까지 올라갈 거라 생각지 못하였다.

휙!

바람 소리가 흐른다고 느껴진 순간 유영천의 눈앞에 장권호의 주먹이 나타났다. 유영천은 장권호의 주먹을 양손으로 쥐며 물 흐르듯 팔을 타고 올라가 그의 팔을 꺾으려

했다. 그 순간 장권호의 주먹이 흔들리듯 움직였다.

퉁!

"……!"

뒤로 물러서는 유영천이 굳은 표정을 보였다. 장권호가
자신의 팔을 튕겨냈기 때문이다. 반선장을 튕겨내는 그 힘
에 놀랄 수밖에 없었다. 그때, 눈앞에 점이 나타났다. 유영
천은 눈을 반짝이며 손을 들었다.

쾅!

"대단해."

유영천은 고개를 끄덕이며 뒤로 물러섰다. 오른 손목을
이리저리 돌리다 향비에게 손을 내밀었다.

"검."

"예."

향비가 자신이 들고 있던 검을 유영천에게 던졌다. 유영
천은 검을 손에 쥐고는 미소를 보였다.

장권호의 표정이 굳었다. 유영천의 특기가 바로 검이었
기 때문이다.

휙!

유영천은 검을 한 번 사선으로 가볍게 선을 그었다. 그
러자 사선으로 이루어진 빛이 날카로운 소리와 함께 장권
호의 면전으로 날아들었다. 장권호는 가볍게 왼팔을 들어
막았다.

팍!

그의 왼팔에 부딪친 검기가 마치 거짓말처럼 사라지자 주변 사람들의 표정이 굳었다.

"금강불괴……."

누군가의 입에서 신음처럼 흘러나온 말이었다. 반면 유영천은 이미 예상했다는 표정이었다. 그는 곧 한 발 나서며 검을 들어 선을 그렸다. 그러자 모양이 일정치 않은 수많은 검기의 선들이 마치 실선처럼 나타나 장권호를 향해 다가갔다. 그 순간 장권호의 신형이 검기 속으로 사라졌다.

파팟!

파공성 소리가 연무장에 울렸고 둘의 그림자가 다시 한번 뒤섞이기 시작했다.

"버러지 같은 오랑캐 한 놈 때문에 중원이 어지럽군."

"그래도 무공은 대단하지 않은가? 자네는 천주와 대등하게 맞서는 무인을 본 적이 있었는가?"

"그러니 더욱 없애야지."

백의에 백발인 장원의와 그 옆에 서 있던 반백에 중후한 인상의 중년인이 대화를 나눴다. 중년인은 날카로운 안광으로 장권호를 노려보고 있었다. 그는 오랑캐 문파 하나 사라졌다고 해서 문제될 게 없다고 여기는 인물이었다.

쾅!

폭음과 함께 강렬한 공기의 파도가 밀려들자 감석과 장원의는 살짝 아미를 찌푸렸다. 그들의 옷자락과 머리카락이 휘날렸고 감석은 장원의에게 다시 말했다.

"후환을 남겨두는 일은 없었으면 하네."

감석의 말에 장원의를 비롯한 장로들의 표정이 굳었다. 감석의 말은 곧 장권호를 기필코 죽이겠다는 뜻이었기 때문이다.

"천주는 마음이 여리네. 우리가 그 여린 마음을 채워주어야 하지 않겠나?"

감석의 말이 다시 흘러나왔고 장원의가 수염을 쓰다듬으며 고개를 끄덕였다. 그의 뒤로 적색 장포를 걸친 반백에 창을 들고 있는 장위 역시 묵묵히 고개를 끄덕였다.

"그런데 장백파를 멸한 게 어디지?"

감석의 물음에 장원의가 대답했다.

"공천자가 자세히 알겠지. 그 일을 맡은 것은 그였으니까. 공천자가 알아서 처리한 것으로 아네. 실질적으로 움직인 것은 조천천이 아닌가 하네."

"훗! 풍운회였군."

감석이 장원의의 말에 풍운회주인 조천천을 떠올리며 고개를 끄덕였다. 그라면 충분히 멸하고도 남을 위인이었기 때문이다.

파파팟!

공기를 가르는 날카로운 파공성에 그들은 유영천과 장권호의 그림자가 어우러진 연무장을 바라보았다.

핏!

장권호의 볼을 스친 날카로운 검기에 피부가 살짝 베였다. 아무리 금강불괴라 하나 유영천의 검기를 모두 막아내지는 못했다. 그만큼 유영천의 검기는 검기라 불리기엔 너무 강하고 날카로웠다. 마치 검강을 검사로 바꾸어 놓은 듯했다.

아니 그랬을 것이다. 무엇보다 초식의 흐름이 일정하지 않고, 마치 마구잡이로 공격하는 것 같은 모습이었다. 그래서 피하기가 더 난해했다.

"무슨 검법이지?"

"호접검."

유영천의 대답에 장권호는 산검(散劍)의 최고봉이라 불리는 호접검을 직접 보는 것은 처음이었기에 상당히 어려워했다.

파팟!

검기가 머리와 가랑이를 스치듯 지나쳤고 장권호의 신형이 유령처럼 흔들리며 유영천의 가슴을 수도로 찔렀다. 그때 유영천의 검이 원을 그리며 검환을 피워냈다.

쩡!

검과 손끝이 마주치자 금속음이 크게 울렸다.

"초환공으로 바꾸지 그러나?"

뒤로 물러서며 유영천이 말하자 땀에 젖은 장권호는 호흡을 가다듬고 망설였다. 장삼공중 하나인 용장공보다 그 밑 단계인 중삼공의 초환공이 오히려 내력을 덜 소모하기 때문이다. 하지만 초환공을 펼치게 되면 분명 유영천은 다른 무공을 펼칠 것이다. 무엇보다 유영천은 초환공의 약점을 잘 알고 있었다.

그때 유영천이 미소를 보이며 앞으로 나섰다.

핏!

검끝에서 일어난 빛이 삽시간에 장권호의 시야를 사로잡으며 커졌다.

'검강!'

유영천이 삽시간에 펼친 검강의 강렬한 빛은 장권호의 전신을 잡아먹었고, 장권호의 전신은 회오리바람 속에 잠겨 일순 보이지 않았다.

쾅!

"큭!"

신음과 함께 뒤로 물러선 장권호의 상의는 이미 가루가 되어 사라진 후였고 머리카락도 마구 헝클어져 있었다. 유영천 역시 너덜거리는 옷자락을 휘날리며 굳은 표정으로 검을 늘어뜨렸다. 두 사람의 중앙에는 시커먼 구덩이가 삼장여의 크기로 파여 있었다.

"많이 늘었어. 설마 하니 여기까지 나를 몰아넣을 줄은 몰랐는데…… 정말 많이 컸구나."

유영천은 진심으로 기쁜 표정을 보이며 검을 어깨에 걸쳤다. 그의 전신에선 아지랑이 같은 기운이 흘러나오기 시작했고 눈빛은 점점 맑고 투명하게 변했다.

"도."

장권호가 손을 내밀자 그림자 속에서 손과 함께 묵도가 튀어 올라왔다. 서영아였다. 그녀는 그림자를 넘나들며 둘의 싸움을 구경하고 있었다. 갑자기 튀어나온 서영아의 손에 주변에 있던 사람들은 다시 한 번 놀란 표정을 보였다.

"사파 놈과 함께 다니는 모양이군?"

유영천은 그림자 속에서 손이 튀어 나오자 조금 화난 목소리로 물었다.

"무슨 상관이지?"

"내가 분명 사파 사람들과는 어울리지 말라고 가르치지 않았느냐?"

"기억도 안 나. 그런 말을 했던가?"

"나쁜 녀석 같으니라고."

유영천이 다시 검을 늘어뜨리며 화난 표정으로 살기를 보였다. 그러자 장권호는 묵도를 늘어뜨린 후 곧 자세를 잡았다. 그런 장권호의 낮은 자세에 유영천이 눈을 반짝였다.

"명사연도(命死聯刀)로군."

유영천은 장백삼도의 마지막 삼도인 명사연도 기수식을 보이는 장권호의 모습에 미미하게 고개를 끄덕였다. 명사연도가 장백삼도 최후의 초식이라 불리는 만큼, 그 무서움을 잘 아는 유영천이었다.

"장백파의 무공은 소용없다고 했을 텐데?"

"맨손으로 검강을 상대하려니 떨려서 말이야."

"하하하!"

유영천은 그 말이 유쾌한 듯 다시 웃었다. 장권호의 손이 이미 피에 젖은 것은 잘 알았지만, 장권호가 자신의 특기를 버리려 한다고 생각했기 때문이다. 그렇다는 것은 그만큼 자신이 있다는 뜻이었다.

"조심하지."

쉭!

먼저 움직인 것은 말을 끝낸 유영천이었다. 그의 신형이 흐릿하게 사라지더니, 수십 개의 점이 피어났다. 그 점이 어느새 나비로 변해 수십 개의 선을 그리며 곧장 장권호를 향해 날아갔다.

"……!"

장권호는 점들이 나비로 변하여 날아들자 매우 놀란 표

정을 보였다. 나비를 잡는 일은 쉬운 게 아니었기 때문이다. 무엇보다 나비는 날아가는 방향을 예측할 수 없는 곤충이었다. 하늘을 나는 생물 중 가장 그 움직임이 활발하고 불규칙적인 곤충.

유영천은 그런 무공을 선보인 것이다.

핏!

그 순간 환영처럼 장권호의 신형이 사라졌다. 이어 검은 선 하나가 그려지더니 그 위에 또 하나의 선이 그려졌다. 곧 검은 선이 거대하게 커져 연무장을 가로질러 나갔다.

쾅!

*   *   *

휙! 휙! 휙!

많은 무사들이 넓은 언덕길을 빠르게 올라가고 있었다. 나무와 나무 사이를 건너뛰며 이동하는 무사들도 있었다. 그들은 매우 다급한 표정이었고 그 뒤에 공천자가 있었다. 조금 떨어진 곳에서 남궁명과 손원도 따르고 있었다.

둘은 공천자의 부름을 받고 달려와 삼도천으로 향하는 중이었다.

쾅! 쾅!

예사롭지 않은 폭음 소리에 공천자의 안색이 변하였다.

아직 그는 제갈수가 장권호에게 잡혀 상황이 반전되었다는 사실을 몰랐기 때문에 삼도천과 장권호가 싸운다고 생각했다.

게다가 천주인 유영천이 자신보다 먼저 산 위에 도착했다고 생각지 못하였다.

공천자는 손을 들고 잠시 걸음을 멈추었다. 그러자 앞을 달리던 무사들이 일제히 행동을 멈추었다. 공천자의 미간에 살짝 주름이 생겼다.

공천자는 이미 싸움이 시작되었다면 절대적으로 장권호에게 불리할 것이라 생각했다. 그렇다면 굳이 이렇게 수하를 모두 이끌고 올라갈 필요가 없다고 판단했다. 삼도천 내에도 충분한 전력이 있으니 오히려 올라가는 것보다 이곳에서 혹시나 있을지 모를 장권호의 탈출을 막는 게 낫다고 생각했다.

장권호의 무공 수준이라면 마음먹고 도망칠 경우 잡기가 쉽지 않을 것이다. 그 생각을 한 공천자는 풍운일대 대주를 불러 길목을 막으라는 지시를 내렸다. 장권호가 삼도천에서 빠져나올 경우 죽이라는 명령도 내렸다.

그렇게 하고 나서야 공천자는 다시 삼도천으로 향했다.

"저도 남겠습니다."

풍비가 옆으로 다가와 말하자 공천자는 고개를 끄덕였다.

"그렇게 해라. 그리고 절대 네가 해야 할 일을 잊어서는 안 된다."

"예."

풍비는 대답한 후 멀어지는 공천자와 일행들을 바라보았다.

'잘하면 복수를 할 수 있을지도 모르겠군.'

풍비는 어차피 삼도천에서 장권호가 도망칠 경우, 그가 패해서 부상당한 상태일 것이라 생각했다. 그렇지 않으면 도망칠 이유가 없기 때문이다. 거기다 딱히 장권호가 도망치지 않아도 상관없었다.

어차피 결론은 죽거나 잡히거나 둘 중에 하나라 생각했기 때문이다. 그래도 풍비 자신의 입장에서는 그가 잡혀주는 게 가장 마음이 편할 것이다. 그래야 자신이 느꼈던 치욕을 갚아주는 것은 물론이고, 그간의 억하심정을 고문으로 풀 수 있기 때문이다.

장권호가 아무리 대단한 고수라 해도 쉽게 이곳을 빠져나가진 못할 거라 생각했다. 홀로 삼도천을 상대하여 무사히 살아남을 수 있는 고수는 천하에 거의 없다 해도 과언이 아니기 때문이다.

쾅!

폭음과 함께 담벼락이 터져나갔다. 무너진 담장의 돌들

사이로 먼지구름이 피어올랐다. 그 속에 검은 그림자가 흐릿하게 보였다.

연무장의 중앙에 서 있는 유영천의 표정도 굳어 있었다. 앞으로 뻗은 그의 오른 손바닥에 한 줄기 혈선이 그어져 있었다. 하지만 피는 흐르지 않았다.

차갑게 눈을 빛낸 유영천의 손 주위로 회오리바람이 일어나 마치 주변 공기를 빨아들이는 듯 보였다.

그 손 안에 회색빛 작은 구체가 모습을 보이자 주변에 있던 수많은 사람들의 눈이 커졌다.

강기무공의 최고봉 중에 하나라 알려진 유형의 강구(剛球)가 모습을 보인 것이다. 유영천은 어린아이 손 안에 주먹만 한 강구가 형성되자, 지체하지 않고 먼지구름 너머로 언뜻 보이는 장권호를 향해 뻗었다.

그 순간, 장권호도 먼지구름을 뚫고 묵도와 함께 앞으로 튀어나왔다.

슈아악!

"......!"

유영천을 향해 도를 뻗던 장권호는 눈앞으로 강렬한 회오리바람과 함께 강구가 날아들자, 잠시 놀란 눈빛을 던지다 분쇄공을 극성까지 끌어 올렸다. 도와 강구가 마주치는 순간 장권호의 신형이 활처럼 구부러졌다.

쾅!

사방으로 퍼져나가는 강렬한 폭음과 태풍 같은 바람에 주변 사람들이 뒤로 물러섰다. 지붕 위에 서 있던 장로들도 재빨리 허공을 날아 뒤로 물러섰고, 중앙대전의 지붕 기와들이 강한 바람에 날려 떨어졌다.

"크윽!"

장권호의 신형이 뒤로 밀려 담벼락에 부딪쳤다. 유영천은 자신의 강구를 막은 장권호의 실력에 눈을 반짝이며 다시 손을 뻗었다. 그러자 다시 한 번 강렬한 바람과 함께 그의 손에 강구가 모습을 나타냈다.

반선공의 내력을 담은 강구였기에 보통 강구와 달랐다. 장권호는 강구와 마주치는 순간 마치 자신이 담은 내력이 튕겨져 나오는 것을 느꼈다.

쩡!

도를 들어 올리던 장권호의 표정이 딱딱하게 굳었다. 지금까지 강호에 나와 함께했던 묵도가 반으로 쪼개졌기 때문이다. 조금 전, 유영천의 강구를 막을 때 그 힘을 견디지 못한 것이다.

쉬악!

다시 한 번 유영천이 강구를 날리자 눈앞에 거대한 회오리바람이 밀려왔다. 장권호는 반으로 조각난 도를 강구 쪽으로 던졌다.

쾅!

강렬한 폭음이 다시 한 번 일어났고, 그 주변 십여 장에 거대한 구덩이가 파이며 먼지구름이 하늘 높이 솟구쳤다. 그때 '팡!' 하는 소리와 함께 장권호의 신형이 먼지구름을 뚫고 유영천을 향해 날아들었다.

쉬아악!

그의 신형이 마치 사나운 맹수처럼 다가오자 유영천이 다시 손을 뻗었다. 그 순간 그의 손앞에 다섯 개의 작은 강구가 모습을 보였다.

사람 엄지만 한 크기의 강구 다섯 개가 회오리치며 장권호에게 날아들었다.

슈아아아악!

좀 전에 보여준 강구가 하나의 거대한 힘을 가진 것이라면 지금 강구는 다섯 개로 쪼개진 강구였다. 하지만 위력은 어느 하나 무시할 수 없었고 장권호는 피할 곳이 없다는 사실을 깨달았다.

장권호는 손을 앞으로 뻗으며 강구를 상대하기 위해 온몸의 내력을 끌어 올렸다.

콰콰쾅!

폭음과 함께 장권호의 신형이 뒤로 밀려나가자, 유영천이 번개처럼 땅을 차오르며 장권호의 면전을 향해 검을 내질렀다. 그러자 십여 개의 검기가 마치 나비처럼 불규칙적인 움직임으로 날아들었다.

"합!"

장권호가 양손을 뻗으며 기합성을 발하자 그의 주변으로 강렬한 폭풍이 휘몰아쳤다.

콰쾅!

강렬한 호신강기를 발산한 장권호의 모습에 유영천이 뒤로 물러섰다.

"이럴 수가……."

멀리서 보던 장로들은 방금 장권호가 보인 한 수에 매우 놀란 듯 눈을 크게 떴다. 기합만으로 유영천의 검기를 깨뜨렸기 때문이다.

하지만 사람들은 장권호보다 유영천의 무공에 대해 더욱 놀랐다. 유영천이 연속해서 강구를 날렸기 때문이다. 아무리 고수라 해도 강구를 하나 만들 때조차 엄청난 정신집중과 체력이 소모된다. 무엇보다 내력 소모가 극심한 절기였다.

그렇기 때문에 한 번 펼치면 두 번 하기 어려운 무공이었다. 그런데 유영천은 마치 아무렇지도 않다는 듯 산보 나온 사람처럼 여유 있게 강구를 펼쳐 장권호를 압박했다.

무엇보다 유영천은 아직 여유가 있는 얼굴이었고 장권호는 땀에 젖은 모습이었다.

"헉! 헉!"

장권호의 입에서 처음으로 거친 호흡이 터지자 유영천은

다시 한 번 눈을 반짝였다.

"지금까지 반선구(反旋球)를 이토록 잘 받아내는 사람은 없었어. 역시…… 내 동생이구나."

유영천은 정말로 감탄한 얼굴로 말하며 손을 뻗었다. 그러자 번갯불과 함께 세 가닥 점이 나타났다.

장권호가 주먹을 내질렀다.

쾅!

세 줄기 지공을 주먹으로 박살낸 장권호는 반보 물러섰다. 그때, 다시 한 번 유영천의 강구가 날아들었다.

슈아아악!

아까와 달리 조금 작은 강구였지만 지금은 그것만으로도 부담스러웠다. 장권호는 입술을 깨물며 강구를 피했다. 유영천의 손이 장권호가 몸을 움직인 방향으로 따라 움직였다. 그러자 강구가 마치 눈이라도 달린 듯 크게 휘더니 장권호에게 날아들었다.

"……!"

"헉!"

"이럴 수가!"

강구가 움직이자 모두의 눈이 커졌고 장권호도 놀랍다는 듯 눈을 부릅뜨며 손을 내밀었다. 피하지 못하면 부수기라도 해야 하기 때문이다.

쾅!

폭음과 함께 장권호가 있던 자리에 강렬한 먼지구름이 솟구쳤다. 장권호는 뒤로 몸을 날려 담장 위에 섰다.

"콜록! 콜록!"

기침을 하던 장권호가 피를 한 사발 토한 후 흐트러진 모습을 보였다. 강호에 나와 처음으로 입어보는 내상이었고 그 충격은 머리를 흔들 정도였다.

유영천의 손에서 날아드는 강구의 모습을 본 서영아는 이미 멀리 피한 후였다. 그녀는 대문의 그림자 사이에서 장권호와 유영천의 싸움을 지켜보고 있었다.

'제대로 싸우는 놈이군.'

서영아는 유영천이 강구를 이용하는 모습에 놀란 것이 아니라, 강구로 공격하기 전 지공(指功)으로 장권호의 눈과 귀를 빼앗고 그 빈틈을 잡아낸 후 강구를 날리던 모습에 감탄했다. 그 모습에서 유영천이 그저 무공만 고강한 고수가 아니라는 사실을 안 것이다.

그는 저 정도 내력과 천하제일에 가까운 무공을 가지고 있음과 동시에 싸움의 강약까지 조절할 줄 아는 인물이었다.

'이건…… 뭐라 할 말이 없군.'

서영아는 저런 사람을 상대로 어떻게 싸워야 할지, 머릿속이 텅텅 빈 것처럼 방법이 떠오르지 않았다.

쾅!

그때 폭음과 함께 장권호의 신형이 허공으로 솟구치더니 땅에 내려섰다. 장권호의 이마에서 핏방울이 흘러내렸다. 지금까지 굳건하게 육체를 보호하던 그의 호신강기가 망가진 것이다. 그것이 의미하는 바는 장권호가 심각한 내상을 입었다는 증거였다.

지친 표정으로 일어선 장권호는 유영천과 삼도천 무사들을 둘러보다 이빨을 깨물었다. 가슴속에서 들끓는 분노 때문이다. 하지만 장권호는 최대한 마음의 안정을 찾으려 노력하며 호흡을 골랐다.

"후우욱!"

깊게 숨을 들이마시고 내쉰 장권호는 이내 어느 정도 안정을 찾은 듯 눈을 빛내며 말했다.

"오늘은 물러가지."

장권호의 말에 유영천은 고개를 끄덕였다. 그러자 장권호는 미련 없이 신형을 돌렸다. 그러자 장로들이 소리쳤다.

"이대로 보내면 안 됩니다!"

"어디를 가려는 것이냐!"

장로들이 일제히 허공을 날아 유영천의 곁으로 내려서며 외치자 유영천이 손을 들어 막았다.

"내가 보내기로 결정했소."

천주인 유영천이 눈에 힘을 주며 말하자 장로들은 인상만 찡그릴 뿐 더 이상 입을 열지 않았다. 장권호는 잠시 그런 삼도천의 고수들을 둘러보다 천천히 밑으로 내려갔다. 서영아도 장권호의 그림자 사이로 몸을 숨겨 소리 없이 뒤를 따랐다.

*　　　*　　　*

공천자는 무너진 담장과 황폐하게 변해버린 연무장을 바라보며 지붕 위에 서 있었다. 그는 눈을 부릅뜬 채 강구를 날리던 유영천의 모습을 살폈다. 이미 장권호가 수세에 몰린 상태였다. 유영천의 승리가 거의 확실시 된 것이다.

그렇기 때문에 공천자는 유영천을 바라보며 생각에 잠겼다. 유영천이 아무런 표정의 변화 없이 강구를 날리는 모습을 떠올리자 이마에 식은땀이 맺혔다.

'상상 이상이다······.'

자신이 지금까지 생각했던 유영천의 무공 수준보다 배는 뛰어난 것처럼 보였다. 신검록을 익힌다 해도 과연 유영천과 상대가 될 수 있을지 의문이 생겼다.

'장권호의 무공도 대단하군.'

그러한 유영천과 싸운 장권호의 무공은 또 어떠한가? 자신이라면 유영천의 강구를 두 개 이상 받아낼 수가 없었을 것이다. 그런데 장권호는 몇 개의 강구를 받아내면서까지 유영천과 싸웠다. 그런 장권호의 섬뜩한 모습을 눈으

로 보고서야 자신이 지금까지 잘못 생각했다는 것을 알았
다.

'이 기회를 놓치면 천추의 한이 될지도 모른다.'

장권호가 내상을 입은 지금이 아니면 앞으로 그를 죽일
수 없을 것 같았다. 그리고 그가 살아서 유영천과 비슷한
나이가 된다면 중원은 필히 그를 두려워해야 하리라.

"어서 오시오."

유영천의 시선에 공천자는 재빨리 신형을 움직여 그의
앞에 섰다.

"오랜만에 뵙는구려."

"오랜만이오. 들어갑시다."

유영천은 마치 산보라도 나온 사람처럼 편안한 모습으
로 천천히 걸음을 옮겼다. 그 여유로움에 공천자는 다시
한 번 놀랄 수밖에 없었다. 하지만 겉으로 보이는 그의 표
정은 변화가 없었다.

아무리 무림에 간계가 난무하고 권력 다툼이 치열하다
해도 넘볼 수 없는 산을 넘어 버린, 하늘같은 무공을 지닌
자가 존재한다면 그를 따를 것이다.

감히 넘볼 수 없을 것 같은 무공을 보여준 유영천을 장
로들과 수많은 삼도천의 무인은 따를 수밖에 없었다. 그
가 없으면 삼도천도 없기 때문이다.

머물고 있는 천주원의 객청에 들어서자 유영천은 편안한 모습으로 의자에 앉았다. 그의 앞에 향비가 차를 따랐고 그 뒤로 장로들과 공천자가 들어와 앉았다. 향비가 돌아가며 차를 따랐다.

모두의 찻잔에 차를 따른 향비는 조용히 밖으로 물러갔다. 그녀가 나가자 유영천은 미소를 지으며 말했다.

"그동안 잘 지내셨소이까?"

"그렇소이다."

"오늘을 제외하면 별일 없었소."

장로들의 대답에 유영천은 눈을 반짝이며 공천자를 바라보았다. 그와는 할 말이 많았기 때문이다.

"오늘 오랜만에 돌아왔더니, 생각지도 못한 귀중한 만남을 가지게 되었소. 공천자께선 어찌 생각하시오?"

유영천의 물음에 공천자는 귀중한 만남이 장권호와의 만남이란 것을 알고 살짝 아미를 찌푸리다 입을 열었다.

"인연이 닿으면 만남도 있지요."

"장백파에 대해서 묻는 것이오."

"으음……."

유영천이 직접적으로 묻자 공천자는 잠시 입을 다물고 수염을 쓰다듬었다. 그는 장로들을 둘러보다 눈을 빛내며 말했다.

"장백파 멸문은 저도 아쉬운 일이라 생각하고 있소이다.

하지만 장백파는 우리 중원이 가는 길을 가로막는 돌덩이
아니었소이까? 그런 점에서 장백파가 멸문한 것은 좋은
일이라 생각하오."

"제가 궁금한 건 장백파가 왜 멸문을 했고, 우리가 관여
를 했는지 알고 싶은 것이오."

유영천이 공천자가 마치 자신의 질문이 가지고 있는 의
도를 모르는 척 대답하자 좀 더 명확하게 물었다. 그러자
공천자는 다시 한 번 수염을 쓰다듬으며 말했다.

"우리는 장백파의 멸문에 크게 관여는 하지 않았소. 하
지만 장백파의 멸문을 바란 것도 사실이니 부정도 못 하
겠소이다."

"장백파는 그냥두기로 하지 않았소이까?"

"물론 그랬지만 분명 그들은 장애물이고 강대해지면 중
원을 넘볼 문파외다. 장백파를 삭초제근(削草除根)하지 않
은 것은 그래도 천주가 어린 시절을 보낸 추억이 있는 곳
이라서 그런 것이었소. 하나 그러지 못한 것이 큰 우를 범
한 사실을 오늘에서야 알았다오."

공천자의 말에 유영천의 눈이 번뜩였다. 공천자가 다시
말했다.

"장권호를 보니 역시 장백파는 명불허전(名不虛傳)이오.
확실히 발본색원(拔本塞源)한 것으로 알았는데…… 결국
뿌리가 남아 있었소이다. 분명 그는 중원에 큰 화가 될 인

물이니 이 기회에 처리해야 한다고 생각하오."

유영천은 공천자의 말에 미간을 찌푸렸다.

"장백파의 일은 실로 유감이오. 내 손으로 이미 해결을 했다고 생각했는데 그대들이 움직였을 줄이야…… 전혀 생각지 못했소이다."

"장백파의 성세가 나날이 커가는 중이었기에 어쩔 수 없었소이다. 중원을 위한 일이었소."

"유감이오."

유영천은 짧은 숨을 내쉬며 선선히 고개를 끄덕였다. 그의 말에 모두의 표정이 굳었다. 부드러운 훈풍이 방 안을 맴돌았기 때문이다. 그것은 유영천의 기운이었다. 유영천이 부드러운 목소리로 말했다.

"장백파를 멸문했다고 해서 장백파가 사라지는 것은 아니요. 또한 장백파를 이긴 것도 아니라오. 변방무림을 없앤다고 해서 변방무림이 사라지는 것도 아니지 않소? 그들을 없애는 게 아니라 이겨야 하는 것이오. 그들이 쌓아 올린 그 무공을 말이오. 그걸 겨뤄야 하오."

유영천은 본질적인 문제를 이야기했다. 그의 말에 모두 입을 다물었다. 그의 말이 틀린 것은 아니기 때문이다. 그리고 지금 같은 분위기에선 딱히 대답을 할 필요는 없다고 여겼다.

"그래야 우리의 자존심이 살아나는 것이고 이기는 것이

라오. 난 그걸 원하오."

유영천의 말에 공천자는 미미하게 고개를 끄덕였다. 그의 말뜻을 충분히 알아들었기 때문이다.

"천주의 뜻은 충분히 알겠소이다. 장백파의 일은 저 역시 죄송하게 생각하고 있다오. 하지만 천주께서 연관되어 있었기 때문에 움직인 것이었소. 천주께서 장백파에서 생활한 시간이 훗날 천주의 앞길을 막을지도 모르기 때문이오. 조금이라도 이해해 주셨으면 좋겠소."

유영천은 그 말에 이빨을 살짝 깨물었지만 얼굴에 표하지는 않았다. 공천자가 자신이 잘못했지만 그건 당연한 일이었다고 말했기 때문이다. 거기다 저렇게 나오는데 뭐라할 수도 없었다. 공천자는 자신에게 가장 필요한 사람 중 한 명이었기 때문이다. 그 점을 공천자는 잘 이용하고 있었다.

"그런 오랑캐 문파 하나 사라졌다고 해서 문제될 것은 없지요. 오히려 중원의 고민이 하나 줄었으니 기쁜 일이 아닙니까? 너무 마음 쓰지 마십시오."

장로 중 한 명인 강전도가 말하자 유영천이 이들의 마음속에 장백파가 어떻게 자리 잡고 있는지 알 수 있었다.

"장백파는 그저 그런 문파가 아니라오. 천 년을 이어온 문파가 그저 그런 문파라면 과거에 왜 우리가 넘어서려 했겠소."

"너무 과찬입니다. 그건 어디까지나 과거일 뿐 현재를 본다면 그리 신경 쓸 문파는 아니지요."

강전도는 과거에 장백파가 대단했다는 것을 잘 알고 있었다. 중원 최고의 고수들도 장백파를 넘지 못한 일도 있지 않았던가!

하지만 그 사실을 아는 사람은 거의 없었다. 중원의 자존심이 걸려 있기 때문이다. 그 일은 충격 그 자체였다.

벽을 넘은 인물이 바로 무적명이있다. 그가 장팩파 고수들을 꺾었던 것이다. 그런 이유로 중원은 무적명의 이름 아래 단결하게 되었다.

유영천은 가볍게 미소를 보이며 말했다.

"그런 마음으로 장권호를 대했다간 죽는 건 강 장로일 것이오."

강전도가 그 말에 표정을 굳히더니 어깨를 미미하게 떨었다. 그를 무시하는 유영천의 말에 매우 화가 났기 때문이다. 하지만 곧 마음을 추스른 그는 재미있다는 듯 자리에서 일어섰다.

"천주께선 나를 너무 무시하는 것 같소. 내 그 말이 사실인지 어디 한번 장권호를 만나 단판을 지어 봐야겠소이다."

유영천은 손을 들어 보이며 미소 띤 얼굴로 말했다.

"강 장로를 우습게 보는 것이 아니라 장권호를 쉽게 보지 말라고 한 말이오."

"천주의 과한 걱정을 받아 기분이 좋소이다. 장권호의
실력을 직접 확인하고 싶으니 오늘은 이만 먼저 일어나야
겠소. 그래도 되겠소이까?"

"그렇게 하시게."

천주가 고개를 끄덕였고 공천자가 말하자 강전도는 밖
으로 나갔다. 그가 나가자 유영천은 눈을 감으며 말했다.

"이만 쉬고 싶소."

"그럼."

유영천의 말에 공천자와 장로들도 자리에서 일어나 밖
으로 나갔다. 그들이 나가자 눈을 뜬 유영천은 살짝 인
상을 찌푸리며 방 안에 들어가 운기하기 시작했다. 겉으로
내보이지는 않았지만 장권호와의 싸움에서 약간의 내상을
입었기 때문이다.

'녀석…… 끝까지 용장공(龍障功)은 보여주지 않았군. 대
단한 놈.'

유영천은 슬쩍 입가에 미소가 걸렸다. 자신조차 알지 못
하는 장백파의 무공을 못 본 것이 상당히 아쉬웠다.

밖으로 나간 향비는 풍비와 제갈수를 제외한 육비가 모
두 모여 기다리고 있는 것을 발견하고 그 앞으로 걸었다.
그녀가 다가오자 모두 그녀와 가볍게 인사를 나누었다.

"천주님의 무공은 정말 대단하더군. 범인이 아니, 나 같은 사람은 꿈도 못 꿀 경지야."

남궁명이 정말 감탄한 얼굴로 말하자 모두 동의했다. 그의 시선이 향비에게 향했다.

"그런데 장권호란 자의 무공은 어땠지? 나는 그가 천주님의 강구를 받아내는 마지막 모습만 봐서 도통 알 수가 없단 말이야. 궁금하군."

"상상했던 것보다 더욱 강한 사람이에요. 강호십대고수에 버금가는 정도가 아니라 그들의 실력을 웃돌지도 몰라요. 아니 세 분 천자님과 비슷할지도……"

향비가 진심으로 감탄한 표정으로 말하자 모두의 표정이 굳었다. 마위도 그녀의 말에 동의하는 듯 덧붙였다.

"나 같은 놈은 발끝에도 못 미치더군. 나를 마치 애 다루듯 다뤘으니까."

마위가 눈에 불을 밝히며 말하자 모두 고개를 끄덕였다.

향비가 생각난 듯 다시 말했다.

"거기다 그 여자. 그 여자도 정말 대단한 고수였어요."

"여자? 여자가 있었어?"

"네. 수정궁 사람 같았는데…… 못 봤군요?"

"그래."

손원이 그녀의 물음에 고개를 끄덕였다. 향비는 서영아

를 남궁명과 손원이 못 본 사실이 아깝다는 듯 말했다.

"그녀의 검법도 정말 무서웠어요. 시신들 대다수는 그 여자의 검에 의해 죽은 거죠. 무서울 만큼 날카롭고 예리한 검법이었어요."

"너와 비교하면?"

"그 여자와 비교하면 저는 그저 어린아이일 뿐이에요."

향비의 솔직한 말에 손원과 남궁명은 인상을 굳히며 침중한 표정으로 말했다.

"지금까지 너무 자만한 모양이야. 내 모습이 이토록 초라하게 보일 줄은 몰랐어. 오늘부터라도 마음을 다잡고 다시 시작해야겠어."

"저도 열심히 수련할 생각이에요."

남궁명의 말에 향비도 동의하는 듯 고개를 끄덕이며 대답했다. 손원과 마위도 미미하게 고개를 끄덕였다. 자신들의 무공에 대해 큰 자신감을 가지고 있었으나, 오늘 인간의 능력을 벗어난 사람들의 무공을 보게 되자 생각이 달라진 것이다.

"또래에 비교하면 하늘처럼 높은 무공이라 자부했더니 그것도 아니었군."

손원이 씁쓸한 표정으로 중얼거렸다. 어떻게 하면 유영천과 같은 고수가 될 수 있는지 그 방법이 너무 궁금했다.

"강호는 넓고 고수는 많다더니, 변방의 오랑캐라고 너

무 우습게 봤다. 지금은 그놈이 강해도 후에는 당연히 넘을 수 있을 거라 생각했는데 그것도 쉽지 않겠어."

남궁명이 중얼거리다 먼저 신형을 돌렸다. 손원도 마위와 함께 숙소로 향했다. 향비는 사라지는 그들의 모습을 눈에 담으며 고개를 저었다.

"너희는 백 년을 노력해도 이룰 수 없는 경지다."

향비는 그들의 자만심과 자존심이 앞을 막고 있다 생각했다. 그렇지 않다면 장권호를 오랑캐라 부르는 일도 없었을 것이다.

향비는 개인적으로 장권호를 대단하게 보고 있었다. 그가 오랑캐라 하더라도 그의 무공은 진짜였고 강했으며 강렬한 의지가 있었다. 그의 무공은 마치 사내를 보는 듯한 무공이었다. 그리고 다시 보고 싶다는 생각도 들었다. 그것은 강한 자에 대한 순수한 호기심이었고 호감이었다.

무인이라면 당연히 느끼는 그러한 감정이었다. 다른 한편, 장권호는 넘어야 할 산이기도 했다. 기회가 된다면 자존심을 버리고서도 장권호에게 무공을 배우고 싶었다. 유영천이 가르침과는 다를 것 같았다.

제2장
꿈에 젖어

퍼퍽!

두 명의 삼도천 무사가 장권호의 주먹에 안면을 맞은 뒤 뒤로 튕겨나갔다. 그들 사이로 장권호는 빠르게 지나갔다.

'귀찮군.'

장권호는 눈앞에 나타나는 무리들이 지금은 그저 귀찮은 존재로만 보였다. 무엇보다 내상을 입은 상태였기에 크게 내력을 일으키지 않았다.

삼도천 무사들이 어느 정도 거리에 접근했을 때 가볍게 주먹을 날렸다. 그 주먹은 신기하게도 거의 눈에 보이지 않았으며 뻗는 순간 달려들던 무사의 안면이 일그러졌다.

빡!

다시 한 명의 무사가 튕겨나가자 장권호는 다음에 보이는 무사의 머리를 넘어 무이산을 내려갔다. 장권호가 내려가는 속도가 갑자기 빨라지자 삼도천 무사들은 더욱 눈에 불을 켜고 달려들었다.

삐이익! 삐익!

여기저기 날카롭게 퍼지는 신호음은 무이산 전역에 흩어진 무사들을 모았다.

쉬익!

나무를 몇 개 넘어 내려서는 순간, 눈앞으로 두 명의 무사가 접근하자 장권호는 가볍게 오른손을 올려 두 번 허공을 쳤다. 그리고 여지없이 두 명의 무사는 안면에 일권을 가격 당한 채 비명도 지르지 못하고 쓰러졌다.

그의 초쾌권이 빛을 발하고 있었다.

『오른쪽이요.』

서영아의 음성이 귓가에 들리자 장권호는 방향을 바꾸어 내달렸다. 그렇게 몇 번 방향을 바꾸고 내달리자 어느새 해가 지고 있었다. 삼도천 무사들도 더 이상 따라붙지 못하였다. 무이산을 빠져나온 것이다.

후두두둑!

어두운 하늘에서 물방울이 하나씩 떨어지더니, 곧 소리

없는 부슬비가 천지를 뒤덮었다.

"휴……."

반쯤 무너진 초가집의 뚫린 천장으로 하늘을 보던 서영
아는 비가 닿지 않는 곳에 나무를 모아 불을 피웠다. 그러
자 습기 찬 집 안의 공기가 천천히 사라지더니 훈훈한 온
기가 실내에 퍼졌다.

고개를 돌린 그녀는 부러진 탁자를 다시 조각내 불속에
넣었다. 몇 번 같은 동작을 반복하던 그녀는 마른풀 사
이에 앉아 있는 장권호의 모습을 눈에 담았다. 그는 눈을
감은 채 운기를 하고 있었는데 호흡은 거의 없었고 피부색
은 창백하게 변해 있었다.

서영아는 장권호의 내상이 보기보다 심각한 건 아닌지
걱정이 되었다.

타탁! 탁!

조용한 실내에 나무 타는 소리만 울리자 서영아는 문득
과거의 기억이 떠올랐다.

"전에도 이렇게 둘만 있었던 기억이 있어요. 생각나실지
모르지만……."

서영아는 말을 한 후 슬쩍 시선을 돌려 눈을 감고 있는
장권호를 다시 한 번 보았다. 하지만 금세 붉어진 얼굴로
고개를 돌렸다.

왜 그런지 모르지만 장권호의 모습을 바로 볼 수가 없

었다. 서영아는 과거, 이렇게 허름한 초옥에 단둘이 있었던 기억을 다시 떠올렸다. 그 당시 몸을 피한 그곳에서 추소려와 마주쳤던 일, 복수심에 눈이 멀어 앞뒤 생각도 못한 채 추소려에게 달려들었던 일, 그로 인해 크게 다친 일도 생각났다. 그날의 고통은 다시 생각해도 두 번 겪고 싶지 않은 일이었다.

그때 장권호가 자신을 구해주지 않았다면 지금의 자신도 없었을 것이다. 그리고 그날 이미 자신의 마음을 장권호에게 준 상태였다. 장권호는 자신에게 유일하게 따뜻한 손을 내밀어 준 좋아할 수밖에 없는 사람이었다.

"비가 오나 봐?"

장권호의 목소리에 깜짝 놀란 서영아가 얼른 고개를 돌렸다. 장권호는 가부좌를 한 채 눈만 뜨고 있었으며 자신을 바라보는 담담한 눈빛이 아까와 달리 안정을 찾은 듯보였다.

"네, 비가 내리고 있어요."

서영아의 대답에 장권호는 빗소리를 들으며 일어서려 했다. 하지만 온몸이 마치 뼈마디가 모두 부러진 것처럼 아파오자 저도 모르게 신음을 뱉었다. 놀란 서영아가 다가와 부축하려다 눈을 부릅떴다.

"음……."

장권호의 온몸은 마치 복날 얻어맞은 개처럼 시퍼런 멍

으로 얼룩져 있었기에, 서영아는 저도 모르게 신음을 흘리고 말았다.

낮에 유영천과의 대결에서 입은 상처였다. 보기만 해도 아파 보였다.

"일어설 수 있겠어요?"

"모르겠어. 몸이 말이 아니군."

장권호는 자신의 몸이 마치 무거운 바위라도 된 것처럼 느껴지자 쓰게 웃었다. 이런 몸이 되어본 기억은 어릴 때를 제외하곤 없었기 때문이다. 그래도 다리에 힘을 주고 일어서려 했다. 서영아가 재빨리 부축했다.

"으윽!"

절로 신음을 내뱉은 장권호는 서영아가 마련한 마른풀 위에 누웠다. 그러자 몸이 조금 편해졌다.

"손가락 하나 움직이는 것도 힘들어. 마치 몸이 녹아내리는 기분이랄까? 혼자가 아니라서 다행이야."

장권호가 가볍게 미소를 보이며 말하자 서영아는 그 옆에 앉아 고개를 저었다.

"제가 옆에 있을 테니까 너무 걱정하지 마세요."

서영아는 지금 장권호의 상태가 어떤지 정확하게 알 수는 없었지만 자신이 필요하다는 사실은 알았다.

"지금은 안정을 취하는 게 가장 중요해요. 그러니 좀 주무세요."

"그래. 그렇게 하지."

장권호는 천천히 눈을 감았다. 많이 피곤하고 힘들었는지 눈을 감고 얼마 후 장권호는 깊은 잠에 빠져들었다. 그의 호흡 소리가 안정되자 서영아는 자리에서 일어섰다.

그녀는 다급한 표정을 보이더니 장권호의 수혈과 마혈을 제압한 후, 그를 등에 업고 초가를 빠져나와 어두운 산길을 달려 나갔다.

"사형은 왜 그렇게 중원에 가고 싶어 하세요?"

십 대 중반의 소년이 묻자 청년은 소년의 머리를 쓰다듬었다.

"그곳에 내 꿈이 있고 세상이 있기 때문이다. 한 사람의 무인으로 태어나 자랐으면 세상을 보는 것은 당연한 일이지."

"장백산도 넓고 깊어요."

소년의 아쉬움이 배인 말에 청년은 고개를 저었다.

"장백산은 끝을 알 수 없는 세상의 수많은 산 중에 하나일 뿐이란다. 네가 그것을 깨닫게 되면 아마 나처럼 천하를 보려고 할 것이다. 그렇게 되겠지."

청년의 말에 소년은 깊은 고민에 빠진 표정을 보

였다. 아직 세상이 어떤지 잘 몰랐기 때문에 도대체 얼마나 크고 넓은지 상상이 안 되었다.

"여기가 좋아요."

소년이 웃으며 말하자 청년은 그런 소년의 어깨를 다독였다.

"아무리 좋아해도 한 번쯤은 세상에 나오거라. 그래야 어른이 될 수 있다."

청년의 말에 소년은 다시 한 번 깊은 고민에 빠졌다. 어른이 된다는 것이 어떤 것인지 실감나지 않았기 때문이다.

소란스러운 소리에 눈을 뜬 장권호는 방 안을 가득 채운 탕약 냄새와 문 밖에서 들리는 아픈 환자들의 말소리에 이곳이 의원이란 사실을 알았다.

그는 본능적으로 일어나려다, 순간 머리부터 발끝까지 벼락이 뚫고 지나가는 충격에 쓰러졌다. 큰 고통에 얼굴이 일그러졌다. 하지만 고통은 아주 짧았고 그 충격이 사라지자 본래 표정으로 돌아왔다.

"너무 아픈데."

장권호는 저도 모르게 중얼거리며 인상을 썼다. 보통 사람이었다면 분명 비명을 질렀겠지만 장권호는 어금니를 깨물고 참았다.

덜컹!

문이 열리는 소리와 함께 서영아가 탕약을 들고 안으로 들어왔다. 그녀의 뒤로 사십 대 초반으로 보이는 왜소한 체구에 평범한 얼굴의 중년인이 따라 들어왔다.

서영아는 장권호가 눈을 뜬 채 쳐다보고 있자 깜짝 놀란 얼굴로 다가와 옆에 탕약을 놓았다.

"일어나셨어요?"

"그래."

장권호는 짧게 대답하고 다가온 의원을 바라보았다. 의원은 미소를 보이며 다가와 맥을 잡았다.

"일어났군 그래. 처음에 여기 왔을 때 호랑이가 죽은 줄 알고 깜짝 놀랐지 뭔가? 하하하."

의원이 맥을 짚던 손을 놓으며 고개를 끄덕였다.

"호랑이라니요?"

서영아가 묻자 의원이 수염을 쓰다듬으며 말했다.

"맥이 너무 강해서 사람 같지 않았다는 소리일세. 지금은 괜찮구만. 하지만 몸의 붓기가 다 빠지지 않았으니 움직이지 말게나. 한동안 누워 있어야 할게야."

의원은 그렇게 말하고 서영아를 보며 다시 말했다.

"낭군이 참 튼튼한 몸이라 죽을 걱정은 없겠어."

서영아는 의원의 말에 저도 모르게 얼굴을 붉혔다. 마치 잘 익은 홍시가 된 듯한 그녀는 시선을 어디에 두어야 할지 몰라 당황했다.

"저녁부터는 죽을 먹여도 되니 부엌에 가서 만들어 달라고 하게."

"네. 고마워요."

의원은 서영아의 인사에 고개를 끄덕이며 밖으로 나갔다. 그가 나가자 장권호는 당황한 표정으로 서 있는 서영아에게 물었다.

"언제 여기로 왔지?"

장권호는 분명 눈을 감았을 때는 다 무너져 가는 초가였는데 눈을 뜨니 다른 장소라 물은 것이다. 그러자 서영아가 정신을 차리고 말했다.

"오 일 정도 되었어요."

"그럼 내가 오 일 만에 눈을 뜬 건가?"

"예."

서영아는 대답하며 탕약 그릇을 들어 자신이 마시려고 입에 가져가다 멈췄다.

"아!"

서영아는 급속도로 붉어진 얼굴로 다시 한 번 눈을 이리저리 굴리며 당황했다. 지금까지 장권호가 잘 못 먹었기에 할 수 없이 자신이 직접 입에서 입으로 전해주었기 때문이다. 탕약을 먹이던 방법을 들켰을 게 분명했다.

늘 그렇게 해왔기에 지금도 본능적으로 움직인 것이다.

서영아는 당황하며 그릇을 내밀었다.

"어……어서 드세요."

서영아의 말에 장권호는 손을 내밀어 탕약을 잡았는데 손이 잘게 떨리고 있었다. 하지만 전처럼 아무것도 못 할 정도는 아니었고 그릇을 들 정도로는 힘이 돌아온 것을 알았다.

"고마워."

장권호는 먼저 서영아에게 인사한 후 탕약을 마셨다. 약은 쓰다고 하는데 이 탕약은 왠지 달고 맛있었기에 금세 다 마셨다.

"무슨 탕이지?"

"봉정탕(鳳正湯)이에요. 삼하고 벌꿀이 들어갔다고 들었어요. 그 외에도 몸에 좋은 여러 가지가 들어간 건데 내상에 도움이 된다고 하네요."

장권호는 고개를 끄덕이며 내상 때문에 끊어졌던 기혈들이 미약하게나마 이어진 것을 느꼈다. 전에는 드넓은 강물이 몸속에서 흘러가고 있었다면 지금은 아주 작은 개울물이 흐르는 느낌이었다.

"네가 고생했구나."

"아니에요."

서영아는 고개를 저으며 옆에 앉았다. 장권호는 잠시 서영아의 머리카락으로 가려진 얼굴을 바라보다 눈을 감았다. 탕약을 먹었더니 잠이 쏟아졌기 때문이다.

"피곤하군."

장권호는 중얼거리며 잠을 청했다. 그 모습을 보던 서영아는 조용히 일어나 천장으로 올라가 기둥 사이에 누웠다.

＊　　　＊　　　＊

방 안에 앉아 있는 풍비의 표정은 좋지 못하였다. 장권호가 무이산을 내려간 지 십여 일이 흘렀는데도 그 종적을 찾지 못했기 때문이다. 풍비의 앞에 앉은 제갈수의 표정도 좋지 않았다.

"무능하군."

풍비는 낮은 목소리로 수하들을 탓하면 투덜거렸다.

"삼도천을 능멸하고 도망친 놈인데 아직도 찾지 못했다는 게 말이 되나? 있을 수 없는 일이지. 기필코 찾아서 죽여 버리겠어."

풍비의 앞에 앉아 있던 제갈수도 심각하게 굳은 표정으로 중얼거리며 차를 마셨다. 제갈수는 지금도 장권호에게 당했던 치욕을 떠올리면 이가 갈렸다. 그렇기 때문에 직접 그를 잡기 위해 나선 것이다.

"장권호에게 붙잡혀 살려달라고 목숨을 구걸한 놈이 말은 잘하는군."

풍비가 제갈수에게 시비를 걸듯 말하자 제갈수가 굳은 표정으로 눈을 빛냈다. 제갈수가 비웃으며 말했다.

"소문을 듣자니 네놈은 자기 실력만 믿고 까불다 장권호에게 두들겨 맞았다면서? 그런 놈의 상판치고는 깨끗하군."

"개자식이 뭘 안다고 주둥이를 놀리나? 나는 그놈과 싸우기라도 했지. 네놈은 아무것도 못 하고 잡혔다면서? 누가 더 덜떨어진 놈인지 모르겠군."

풍비가 살기를 보이며 말하자 제갈수도 눈에 살기를 보였다.

"머리에 똥만 찬 새끼가 입은 살았군. 네놈이 제대로 장권호를 상대했다면 여기까지 오는 일도 없었고 삼도천이 나서는 일도 없었다, 병신."

쾅!

탁자가 쪼개지고 둘이 동시에 일어나 검의 손잡이를 잡았다. 금방이라도 살기를 뿌리며 달려들 것처럼 보이던 두 사람은 그대로 서서 서로 빈틈을 노렸다.

"둘이 지금 무엇을 하는 건가?"

말과 함께 실내로 들어온 사람은 천주원을 나온 장로 강전도였다. 그는 풍비와 제갈수가 서로 으르렁거리는 모습에 화가 난 표정을 보였다. 그의 뒤로 적혼단주 노강주가 따라 들어왔다.

"장로님을 뵙습니다."

"죄송합니다."

장로인 강전도의 말에 둘은 재빨리 표정을 풀었다. 장로인 강전도에게 밉보여서 좋을 게 하나도 없기 때문이다.

"지금 둘이 싸울 게 아니라 장권호를 찾는 게 우선 아닌가? 싸움을 할 거라면 일이 끝나고 나중에 따로 하게나."

강전도의 말에 둘은 고개를 숙이며 침묵했다. 강전도는 짧은 숨을 내쉰 뒤 노강주에게 시선을 던졌다.

"장권호의 소재파악은 아직도 멀었는가?"

"죄송합니다. 최대한 노력하고 있으나 쉽지 않습니다. 타 문파에 협조를 요청할 수도 있으나, 그 일은 본 천의 명예가 걸린 일이라 그러지도 못하고 있습니다. 본 천의 정보력만으로는 한계가 있습니다."

"그렇군. 장권호와 우리 삼도천과의 일은 철저히 입단속을 시키게. 강호에 알려지면 자네 말대로 본 천의 명예가 실추될 테니 말이야."

"예."

노강주의 대답에 강전도는 살짝 미간을 찌푸리며 수염을 쓰다듬었다. 장권호가 그 짧은 시간 안에 사라졌다는 게 이해가 안 되었기 때문이다. 그간 삼도천의 정보력 역시 개방이나 하오문에 비해 뒤떨어지지 않는다고 생각했다.

"내상을 입었다면 의원을 찾았을 터인데 그곳도 수색중인가?"

"지금 하고 있는 중입니다."

노강주의 대답에 강전도는 고개를 끄덕였다.

"필시 멀리 가지는 못했을 것이야. 그 몸으로 멀리 갈수 있다면 그게 더 대단한 일이겠지. 분명 내상이 깊어 어딘가에 숨어서 치료 중일 테니 하루라도 빨리 찾아 처단해야하네."

"알겠습니다."

"저희도 나가서 찾아보겠습니다."

"그렇게 해라."

풍비와 제갈수가 노강주와 함께 일어서자 강전도는 고개를 끄덕이며 말했다. 이곳에 앉아서 서로 으르렁거리며싸우는 것보다 나가는 게 낫다고 생각했기 때문이다.

강전도의 대답에 둘이 노강주와 함께 나갔다.

＊　　　＊　　　＊

의원을 찾아오는 사람들과 달리 이질적인 발소리와 병장기가 옷을 스치는 소리가 밖에서 들렸다.

그 소리에 서영아는 본능적으로 눈을 뜨고 일어나 밖을살폈다. 창을 통해 밖을 본 그녀는 가슴에 천(天) 자가 쓰인 적색 무복을 입은 무인들이 지나다니는 모습에 아미를 찌푸렸다. 삼도천 무사들이었기 때문이다.

'생각보다 빠르군.'

서영아는 적어도 며칠 정도 더 지난 후에야 찾아올 거라 예상하고 있었다. 현재 그들이 숨어 있는 노주촌은 무이산에서 오백 리나 떨어져 있고 크지도 작지도 않은 마을이라 숨기에도 딱 좋았다. 거기다 유명한 의원도 살고 있어 더욱 좋았다.

노수신의(勞手神醫) 장덕.

강서성에서도 손에 꼽는 신의로 불리는 그는 상당히 유명하고, 무림인들 사이에서도 꽤 알려진 의원이다.

내심 이곳에 자리를 잡고 장권호의 내상이 나을 때까지 머물 생각이었다. 그러나 그것도 오늘이 마지막이 될 거 같았다.

문제는 장권호의 현 상태였다. 내상이 심해 움직이는 것이 무리였다.

"방들을 뒤져야겠소."

"환자들만 있는 곳인데 무엇을 찾는단 말이오?"

"양해 바라오."

적혼단 무사들과 대화를 나누는 장덕의 목소리가 방 안까지 들려왔다. 서영아는 자고 있는 장권호를 급하게 깨웠다.

"삼도천에서 수색 중이에요."

눈을 뜬 장권호는 서영아의 말과 밖에서 들리는 소란스러운 소리에 정신을 차리고 일어났다.

"어떻게 할까요?"

서영아가 눈에 살기를 보이며 묻자 장권호는 깊은 숨을 내쉬며 호흡을 고른 뒤 말했다.

"이곳에 폐를 끼칠 수는 없으니 조용히 나가는 게 좋겠어."

장권호의 말에 서영아는 고개를 끄덕이며 말했다.

"그렇다면 제가 환자로 있을게요. 주인님은 옷장 안에 숨어 계세요. 보기에는 볼품없는 행동일지 모르지만 그게 조용히 지나갈 방법이에요."

"그 호칭 좀 바꾸면 안 될까?"

장권호가 힘겹게 일어나 옷장 문을 열며 말하자 서영아가 고개를 저었다.

"싫어요."

"그냥 오라버니는 어때?"

"별로 안 좋아요."

"그럼 스승님은?"

"그것도 안 좋은 거 같아요."

서영아의 말에 장권호는 고개를 저으며 옷장 안에 들어가 앉았다. 서영아는 옷장을 닫고 급히 침상에 누웠다. 그녀는 얼굴을 가린 앞머리를 위로 올려 묶은 뒤 누웠는데, 다행히 안색이 창백한 편이어서 그럭저럭 환자 같았다.

얼마 지나지 않아 문을 열고 삼도천 무사들이 들어왔다. 삼도천 무리 옆에 장덕이 서 있었다. 장덕은 눈살을 찌푸리며 장권호가 누워 있을 침상을 바라보았다. 서영아는 사람들이 들어오자 힘겨운 표정으로 눈을 떴다. 삼도천 무사들이 서영아의 빼어난 미모에 홀려 입을 다물지 못했다.

그들은 문을 연 상태로 들어오지 않았다. 아녀자가 홀로 있는 방이라 그들 나름대로 예의를 차린 것이다. 미녀에게 잘 보이고 싶은 것은 남자들의 본능이기도 했다.

장덕은 방 안에 있는 서영아의 모습에 잠시 놀란 눈빛을 보이다 이내 표정을 바꾸며 빠르게 말했다.

"현감의 조카라네. 몸이 안 좋아 잠시 있는 것이네."

"실례했소."

장덕이 조용히 말하자 삼도천 무사들이 재빨리 인사를 하며 문을 닫았다. 찾는 사람은 남자지 여자가 아니었다.

그들이 멀어지는 발소리가 들리자 서영아는 옷장 안에 있던 장권호를 부축해 다시 눕혔다.

"오래 있지는 못할 것 같아요."

"오래 있을수록 폐가 되겠지."

"움직일 수는 있겠어요? 내력은요? 어느 정도까지 회복이 되었는지 알아야 할 것 같아서요."

그녀가 다급하게 묻자 장권호는 잠시 미소를 보였다. 서영아의 모습이 귀여웠기 때문이다.

"오늘 운기하고 나면 내일부터는 움직이는 데 무리는 없을 거야. 하지만 내력이 회복된 것은 아니니 조심히 행동하는 게 낫겠지."

"그럼 내일 떠나는 것으로 알고 있을게요."

"그렇게 하자."

"그런데 어디로 가야 하나요?"

목적지를 알아야 길을 떠나도 떠날 수 있기 때문에 물은 것이다. 장권호는 잠시 생각하다 말했다.

"일단 황산으로 가자."

"황산이요?"

"확인할 게 좀 있어."

장권호의 대답에 서영아는 고개를 끄덕였다.

삼도천 무사들이 모두 떠난 뒤 장덕이 방 안으로 들어왔다. 장덕은 삼도천에서 찾는 사람들이 이 방에 있는 남녀라 생각했다. 그렇지 않았다면 서영아가 그렇게 누워 있지도 않았을 것이다.

그것을 눈치채고 현감의 딸이라 삼도천 무사들에게 거짓말을 한 그였다.

"무림인들은 참으로 대단하네."

장덕은 별말 없이 장권호의 맥을 읽은 뒤 뒤로 물러서며 말했다. 미약했던 맥이 건장한 사내처럼 요동쳤기 때문이다. 불과 이틀 만에 일어난 변화였다. 보통 사람이라면 한 달 이상은 누워 있어야 할 내상이었지만 그의 몸은 불과 며칠 만에 정상으로 돌아오고 있었다.

의원으로 있으면서 처음 보는 빠른 회복력에 감탄할 수밖에 없었다.

"내일 떠날게요. 그동안 고마웠어요."

서영아가 말하자 장덕은 손을 저었다.

"나야 의원으로서 할 일을 했을 뿐이네. 그리고 돈을 받고 하는 일이니 고마워할 필요도 없어. 돈을 주니까 치료한 것이고 숨겨 준 거지. 저들에게 자네들이 발각되면 돈을 못 받을 게 아닌가? 하하! 그러니 신경 쓰지 말게."

장덕의 말에 서영아는 미소를 보였다. 말은 저렇게 했어도 그는 성심껏 장권호 일행을 도와주었다.

장권호는 장덕이 정말 대단한 의원이라 생각했다.

"감사하오."

장권호의 말에 장덕은 쑥스러운 듯 고개를 끄덕인 후 일어섰다.

"내 일주일 정도 마실 약재를 준비할 테니, 내일 떠날 때 잊지 말고 약을 챙겨 가게나."

"알겠어요."

서영아의 말에 장덕은 곧 밖으로 나갔다. 그가 나가자 서영아가 말했다.

"좋은 의원이군요. 내가 아는 의원들은 대다수 나쁜 놈들이었는데……."

"세상엔 좋은 사람이 나쁜 사람보다 훨씬 많아. 네가 좀 운이 없어서 나쁜 사람만 만났을 뿐이지."

장권호의 말에 서영아가 인정한다는 표정으로 고개를 끄덕였다. 눈앞에 좋은 사람이 또 있었기 때문이다.

"이번에 운기조식을 시작하면 아침까지 눈 뜨기 힘들 거야. 잘 부탁해."

"예. 걱정 말아요."

서영아의 대답에 장권호는 곧 눈을 감았다.

*   *   *

단아한 기운이 풍기는 공천자의 집무실로 두 명의 중년인이 들어왔다. 그들은 삼도천의 장로들로 감석과 장위였다.

공천자가 자리를 권했다. 둘이 앉자 공천자가 차를 따르며 말했다.

"두 분께서 해줄 일이 있어서 이렇게 모신 것이오."

"부를 거라 생각했소."

감석이 눈을 반짝였다. 지금 자신들이 해야 할 일은 단 하나라고 생각했기 때문이다. 감석이 물었다.

"장권호에 관한 일이오?"

"그렇소."

공천자는 당연하다는 듯 미소를 보이며 수염을 쓰다듬었다. 그는 곧 다시 말했다.

"장권호가 우리 삼도천을 유린하고 도주했는데 아무것도 안 한다면 우리 꼴이 무엇이 되겠소? 응당 그 대가를 치러야지요."

"같은 생각이오."

"천주는 그냥 두라고 했으나 그건 안 될 말이오."

감석과 장위가 동시에 말했다. 공천자는 두 장로가 자신과 같은 생각이란 것에 기분이 좋은 듯 보였다. 문득 공천자가 궁금하다는 듯 물었다.

"천주와 장권호가 대결하는 모습을 직접 봤어야 하는데……. 두 분은 처음부터 보셨소이까?"

"그렇소이다."

장위가 대답하고 감석은 고개를 끄덕였다. 흥미로운 눈빛으로 공천자가 물었다.

"장권호의 무공은 어떠했소이까?"

"확실히 대단한 수준이었소. 그러나 천주에게 미치지 못했소이다."

감석의 말에 장위가 이어 말했다.

"하지만 역시 장백파였소. 그의 무공은 마치 단단하고 무너지지 않을 철옹성 같은 그런 무공이었소이다. 천주의 무공은 부드럽지만 마치 물이 단단한 돌을 깨뜨리는 것과 같이 그 성을 무너뜨렸다고 보면 될 것이오."

장위의 말에 공천자는 미미하게 고개를 끄덕이며 차를 마셨다. 공천자는 천주의 무공이 상상 이상이란 사실에 기분이 좋지는 않았다. 자신이 이용할 수 있는 정도여야 하는데, 그 이상이라면 당연히 신경 쓰일 수밖에 없을 것이다.

'무천자나 정천자에 비해 더 강한 것이 분명해. 물론 그전에도 알고 있었지만, 생각보다 수준 차이가 크게 날 것 같군.'

공천자는 자신과도 비교해보며 침중한 한숨을 내쉬었다.

"장권호는 두 분께서도 신경 써서 잡으셔야 할 것 같소이다. 아무래도 믿음이 안 가서……."

공천자는 먼저 떠난 강전도를 의식하며 말하자 감석과 장위도 같은 생각인 듯했다.

"그렇다면 가야지요."

"장권호는 내상을 입은 상태이니 쉽게 잡을 것이라 믿소이다."

"걱정 마시오."

장위의 말에 공천자가 말하자 두 장로는 미소로 대답했다.

"심부름꾼도 필요할 터이니 묵혼대를 데려가시오. 영비도 경험 삼아 함께 가는 것이 좋을 것 같소이다."

공천자가 손원을 함께 데려가라는 말에 감석은 살짝 미간을 찌푸렸다. 귀찮았기 때문이다. 하지만 공천자의 뜻이니 거절하지는 않았다.

"그렇게 하리다."

감석의 대답에 공천자는 미소를 보였다.

"두 분만 믿겠소이다."

"염려 마시오."

"그럼 준비되는 대로 나가보겠소."

장위와 감석이 일어나 함께 밖으로 나갔다. 혼자 남은 공천자는 삼도천의 장로 칠 인 중 세 명이 장권호 때문에 나간 것을 생각하자, 문득 그의 존재가 부담스럽게 느껴졌다.

'이번에 잡아야 한다.'

공천자는 확실하게 해야 할 것 같다는 생각에 전서를 쓰기 시작했다.

무이산에서 멀리 떨어진 개봉의 풍운회로 수많은 무사가 들어오고 있었다. 구주성과 세가맹과의 싸움에서 복귀하는 무사들과 귀문과의 소소한 싸움이 일어나는 장안에서 돌아오는 무사들이었다.

그들이 오가는 풍운회의 정문으로 이십대 중반의 적색 무복을 입은 청년과 같은 복장의 무리들이 들어왔다. 풍운회 사대당 중 주작당이었다.

주작당주 비섬음도(飛閃音刀) 노린은 자신을 부른 풍운회주의 서재로 들어갔다. 그가 들어오자 의자에 앉아 있던 조천천이 고개를 들었다.

"노린입니다."

"앉지."

조천천의 말에 노린이 의자에 앉았다. 노린은 조천천이 자신을 따로 부른 것에 분명한 이유가 있다고 여겼다.

"주작당이 해주었으면 하는 일이 있네."

"저희가요? 무슨 일입니까?"

노린이 궁금한 듯 묻자 조천천은 천천히 말했다.

"조용히 강남에 내려갔으면 해."

"강남으로 말입니까?"

"그래."

갑작스러운 명령에 노린은 궁금하다는 표정을 지었다. 풍운회가 강남까지 가야 할 일이 과연 무엇이 있는지 아무리 생각해도 알 수 없었기 때문이다.

조천천이 노린의 곧바로 궁금증을 해결해주었다.

"아무래도 네가 삼도천에 다녀와야 할 것 같아서 그래."

"삼도천이라면…… 음."

보통 삼도천과의 일은 자청운이 맡고 있었기에 자신이 나서는 일은 없었다.

"삼도천에 가면 공천자를 만나게. 그럼 할 일을 알려줄 거네."

"알겠습니다. 출발은 언제 하면 됩니까?"

"준비가 되면 바로 출발해."

"알겠습니다."

노린이 대답과 함께 나가자 조천천은 공천자의 얼굴을 떠올리며 이마를 살짝 찌푸렸다.

노린이 나간 후 얼마 지나지 않아 자청운이 안으로 들어왔다. 그가 들어오자 조천천은 눈을 반짝였다. 그가 이렇게 아무런 연락도 없이 불쑥 찾아오는 일은 거의 없었기 때문이다.

"무슨 일이오?"

자청운은 의자에 앉은 뒤 조천천에게 낮은 목소리로 말했다.

"삼도천에서 큰 문제가 생긴 모양입니다."

"……?"

삼도천에서 문제가 생겼다는 말에 조천천은 의문스러운 표정을 보였다.

"문제라니, 무엇이오?"

"장권호가 삼도천에서 한바탕 난리를 부렸다고 합니다. 삼도천에선 입단속을 한 모양이지만 은밀하게 흘러나온 소식입니다."

"장권호!"

조천천은 조금 놀란 표정을 보였다.

"장권호가 삼도천에 쳐들어간 것이오?"

"그런 듯합니다."

"놀랍군."

장권호가 삼도천에 시비를 걸 줄은 그도 예상치 못하였기에 크게 놀랐다. 자청운이 이어 말했다.

"그런데 장권호의 무공이 고강하여 삼도천에서도 쉽게 막지 못했다고 합니다. 천주가 나타나서야 장권호를 물리쳤다고 하니 그의 무공이 생각보다 더 대단하다 보입니다."

"놀랍군."

"아무래도 삼도천에서 장권호를 죽일 생각인 듯합니다. 큰 내상을 입었다고 하니 기필코 잡으려 들겠지요."

"그렇겠지. 그래서 삼도천에서 연락은 없었소?"

"아직 없지만 조만간 연락이 올 것입니다."

조천천은 그 말에 고개를 끄덕였다. 강북으로 넘어온

장권호를 찾으려면 강북최대의 정보력과 규모를 자랑하는 풍운회에 연락을 줘야 했기 때문이다. 그리고 풍운회는 수색을 시작할 것이다.

조천천은 눈을 반짝이며 물었다.

"장권호가 내상을 입었다고 하였소?"

"그렇다고 합니다."

"그럼 최대한 빨리 찾으려 들겠군."

조천천은 중얼거리다 곧 다시 말했다.

"사람을 보내 장권호를 수색하기로 합시다. 그자의 뒤를 밟아야 하니 말이오."

"뒤만 밟으라고 할까요?"

"그렇게 하는 게 낫지 않겠소? 삼도천에서 협조를 요청하는 연락이 올 때까지 기다리다 보면 놓칠 것 같으니 말이오."

"알겠습니다. 그렇게 하지요."

자청운은 대답하며 일어섰다.

"그럼 가보겠습니다."

"알겠소."

자청운이 나가자 조천천은 표정을 바꾸며 차갑게 눈을 반짝였다. 장권호의 소재를 파악해야 신검록을 찾을 수 있기 때문이다. 아마 공천자도 같은 생각일 것이라 여겼다.

         *   *   *

  뒤숭숭한 꿈을 꾼 것처럼 눈을 뜨자 가장 처음 느낀 감
정은 두통이었다. 절로 인상을 찌푸리며 이마를 감싼 장권
호는 주변을 둘러보다 자신이 객잔의 방에 머물고 있다는
사실을 깨달았다.

  어제 황산으로 방향을 잡고 가던 중 날이 저물어 근처
마을 주정촌에 자리를 잡았다.

  몸을 일으키려다 여전히 느껴지는 고통에 살짝 미간을
찌푸렸다. 아직도 온몸의 피멍은 다 사라지지 않은 채였고
내상도 여전했다. 단지 전과 달리 움직일 수 있다는 점이
다르다면 달랐다.

  침상에 걸터앉자 서영아가 들어와 물을 따라주었다. 물
을 한 모금 마신 장권호는 그녀가 내미는 탕약을 받아들
었다. 그리고 잠시 그릇 속의 검은 물을 바라보다 단숨에
마셨다.

  "표정이 어두우세요. 아직 내상이 깊어서 그런 건가요?"

  "그래."

  장권호는 서영아의 말에 애써 미소를 보이며 고개를 끄
덕였다. 태연하게 대답은 했지만 마음은 썩어들어 가고 있
었다. 내상의 회복이 더딘 것도 심적인 충격이 너무 컸기 때
문이다.

장권호의 표정이 좋지 않자 서영아는 조심스럽게 말했다.

"저는 밖에 나가 주변 좀 살피고 올게요."

"멀리 가지는 마."

"네."

장권호의 말에 서영아는 미소로 답한 후 밖으로 나갔다. 그녀가 나가자 홀로 남은 방 안에 앉은 장권호는 자신의 몸을 점검하다 양 팔뚝에 찍힌 퍼런 두 개의 둥근 멍자국에 인상을 찌푸렸다. 유영천의 손이 직접적으로 닿은 곳이라 더욱 아팠다.

'나는 도대체 무엇을 했단 말인가.'

자신도 모르게 깊은 한숨이 흘러나왔다. 강호에 나온 이유가 유영천을 만난 순간 사라졌기 때문이다.

그의 얼굴을 보는 순간 자신도 모르게 치솟는 감정을 참지 못하였다. 그것은 복수심이 아닌 애증이었고 배신감이기도 했다.

지금까지 죽었다고 생각했던 사람이 버젓이 살아 있자 밀려드는 배신감이 컸다. 마음을 잘 다스린다고 생각했던 장권호도 그의 얼굴을 보는 순간 흥분할 수밖에 없었다.

지금까지 참아왔던 모든 감정들이 한순간에 폭발한 듯한 느낌이었다. 그리고 한참이 지난 후에야 그것이 투정일지도 모른다고 생각했다.

너무 힘들고 외로웠던 지난날들에 대한 투정을 주먹으로 말하고 있었다. 그렇게 생각했다. 그리고 유영천은 분명하게 자신의 투정에 대답을 해주고 있었다. 그것이 몸에 남겨진 멍들이었고 내상이었다. 그 고통은 명확하게 유영천이 해준 말이었다.

'삼도천은 분명 장백파를 공격한 놈들이다. 그런데 대사형이 천주라고? 살아 있는 것도 믿을 수 없는데 천주라니…… 분명 장백파의 일을 사형은 모르는 일이라고 했지만 그것조차 믿을 수가 없구나.'

장권호는 머릿속이 혼란스러웠다. 수많은 생각들 때문에 제대로 운기를 할 수 없었고 그로 인해 내상은 느리게 회복되었다. 당분간은 그저 평범한 사람처럼 하고 다니는 것이 최선이었다.

장권호는 의자에 앉아 지금까지 있었던 지난 일들을 천천히 떠올렸다. 장백파를 떠난 이후가 아니라 장백파를 떠나기 전의 기억부터 되돌렸다.

어릴 때부터 보았던 장백산의 모습과 사람들의 얼굴, 사형들과 함께 생활하던 기억과 사매의 모습도 떠올렸다.

숱한 기억 속에 유영천의 얼굴도 있었다. 그는 천하를 알아야 한다고 말했고 세상에 나가야 한다고 말을 했었다. 그 모습을 떠올리다 문득 하나의 생각이 머리를 스쳤다. 그는 세상에 나가겠다는 말을 하면서 단 한 번도 장백산에 돌아오겠다고 말하지 않았었다.

그때는 그저 돌아오는 게 당연하다 생각했기에 이상하게 여기지 않았다. 그런데 지금에 와서 생각해보면 그 당시 그가 세상에 나간다고 한 말은 장백산을 떠나겠다는 뜻이었고 다시는 돌아오지 않겠다고 한 말이었다.

처음부터 장백산에 돌아올 생각이 없었으니 그는 죽은 게 아니라 떠난 것으로 여겼어야 했다. 유영천은 장검명이란 이름을 버리면서 장백산을 떠난 것이다. 하지만 그 사실을 장백산의 다른 사람들이 알 리 없었다. 장권호도 그저 짐작해 볼 뿐이고 확실하지는 않았다.

그 외에도 의문점은 많았다. 왜 하필 사형이 삼도천의 천주인 것일까? 장백파 멸문과 관련된 삼도천이다. 그런 삼도천의 머리가 장검명이란 것에 아직도 심적 충격이 남아 있었다.

"……!"

장권호는 문득 주변이 너무 조용하다는 것을 깨달았다. 문밖으로 지나가는 사람들의 말소리가 어느 순간부터 들리지 않았고 가축이나 새소리조차 들리지 않았다. 마치 이 객잔 안에 자신을 제외하곤 아무도 없는 것처럼 느껴졌다. 이런 위화감은 위험을 알리는 신호이기도 했다.

팟!

문이 열리는 순간 붉은 무복의 그림자가 번개처럼 검을

찌르며 날아들었다. 그 모습에 장권호의 표정이 굳었다. 하지만 그것은 찰나였고 그의 표정은 여느 때와 달리 한 없이 차가운 눈동자를 보였다.

인간의 육체에는 정확히 가격만 하면 아주 작은 힘으로 도 사람을 쓰러뜨릴 수 있는 급소가 수십 개나 있다.

장권호는 현재 겨우 이 할 정도의 공력만 회복한 상태였 기에, 최소한의 움직임과 최대한 내력을 쓰지 않는 선에서 상대를 쓰러뜨려야 했다. 그렇기 때문에 앉은 자세 그대로 날아드는 검을 똑바로 쳐다보았다.

쉭!

바람처럼 날아든 검이 목을 찌를 듯 접근하다 장권호가 고개를 돌리자 재빨리 방향을 틀어 목을 베어왔다. 손목 만을 이용한 아주 짧은 움직임이었고 쾌속한 변화였기에 대응이 힘들었다.

하지만 장권호는 이미 예상이라도 한 듯 몸을 뒤로 젖 혔다.

핑!

검날이 허공을 베었고 누운 장권호의 눈앞에 적의 겨드 랑이가 드러났다. 장권호는 재빨리 왼손을 들어 적의 팔을 잡은 뒤 일어나며 이마로 무사의 미간을 찍었다.

빡!

"컥!"

강한 타육음이 터졌고 짧은 비명과 함께 붉은 무사가 기절한 듯 쓰러졌다. 그 뒤로 또 한 명의 무사가 방 안으로 들어오며 망설이지 않고 살초를 펼쳤다.

핑!

검이 빠르게 반원을 그리며 상체를 베어오자 장권호는 살짝 일어나 더욱 낮게 허리를 숙였다.

팡!

검날이 호선을 그리며 고개를 숙인 장권호의 머리카락을 베었다. 작은 움직임으로 공격을 빗겨나가듯 피한 장권호의 대응에 상대가 놀란 눈빛을 보였다. 그리고 곧바로 명치에서 느껴지는 강렬한 통증에 전신을 떨어야 했다.

"크으윽!"

자신도 모르게 전신을 떨던 붉은 무사는 어느새 다가온 장권호의 엄지손가락이 명치를 뭉개버리 듯 누르는 것을 보았다. 그의 엄지가 살을 파고들어 보이지도 않았다. 그 순간 장권호의 좌장이 허리를 활처럼 꺾은 붉은 무사의 턱을 올려쳤다.

퍽!

둔탁한 타육음이 다시 울렸고 허공으로 살짝 떠오른 붉은 무사가 입에서 피를 뿌리며 뒤로 나자빠졌다.

털썩!

그가 대자로 뻗어 문 앞에 쓰러지고 그 앞에 서 있던 남자가 한 발 움직여 쓰러진 무사의 머리를 넘어왔다.

"이렇게 다시 보는군."

장권호는 나타난 청년의 모습에 살짝 미간을 찌푸렸다. 상대하기 껄끄러운 적이었기 때문이다.

"다시 봐서 반가워, 장권호."

풍비는 입가에 살기 어린 미소를 그리며 검을 뽑아 들었다.

제3장
신중하게 기다린다

장권호는 씁쓸한 표정으로 풍비를 바라보았다. 이런 상황에서 만나고 싶지 않은 인물을 만났기에 기분이 좋지 않았다.

풍비는 장권호에게 다가가려다 잠시 걸음을 멈추었다. 장권호의 무공을 잘 알기에 조금이라도 방심하면 당하는 것은 자신이기 때문이다.

그렇지만 장권호를 붙잡지 못할 거란 생각은 하지 않았다.

"내상을 입었다지?"

풍비는 확인이라도 하듯 물었다. 그의 물음에 장권호는 고개를 끄덕였다.

"사실이야."

장권호의 솔직한 대답에 풍비는 눈을 반짝였다. 보통 이런 경우에 자신의 부상을 숨기는 것이 정상이기 때문이다. 하지만 장권호는 대담하게도 자신이 부상당한 사실을 숨기지 않았다.

"그렇지만 네게 당할 정도는 아니야. 그러니 너무 걱정하지 말라고."

장권호의 말에 풍비는 살짝 미간을 찌푸렸다. 장권호를 발견했다는 사실 때문에 자신이 너무 흥분해서 섣불리 움직인 것은 아닌지 후회가 되었다. 하지만 여유 있는 표정으로 검을 들어 올렸다.

"그거야 겨뤄보면 알겠지."

쉭!

풍비의 검에서 유형의 검기가 파랗게 나타났다. 그 길이가 반 장 정도까지 늘어나자 장권호의 눈빛이 차갑게 번뜩였다.

팟!

풍비의 신형이 순식간에 장권호를 덮쳐왔고 장권호는 의자를 들어 날렸다. 풍비의 검이 빠르게 움직이며 의자를 잘라버렸다.

풍비에게 의자를 날린 뒤 그가 의자를 조각내는 그 짧은 순간에 장권호는 창밖으로 떨어졌다. 하지만 풍비는 장권호의 행동에 저도 모르게 입가에 미소를 띠며 창밖을 내려다보았다.

창밖으로 뛰어내린 장권호는 몇 바퀴 구른 뒤 일어나 마을 밖으로 향했다. 그의 걸음이 상당히 빨라, 보기에는 정상처럼 보였다. 하지만 그가 정상이라면 풍비를 피할 이유가 없었을 것이다.

"부상이 꽤 큰 모양이야."

풍비는 장권호가 자신에게 꼬리를 말고 도망쳤다는 사실에 묘한 흥분을 느꼈다. 그가 이빨 빠진 맹수라는 사실도 깨달았고 이게 기회라고 여겼다.

"쫓아!"

풍비의 외침에 뒤에 서 있던 적혼단원들이 빠르게 창밖으로 몸을 날렸다. 그 뒤로 풍비가 여유 있게 따라붙었다. 물론 다른 사람들에게 이 사실을 알리는 것도 잊지 않았다.

밖에 나왔던 서영아는 마을 안으로 들어가는 붉은 옷의 무사들을 보자 안색을 바꿨다. 눈에 익은 삼도천 무사의 복장이었기 때문이다.

조심스럽게 그들의 행동을 지켜보며 장권호가 머무는 곳으로 움직이던 그녀는 객잔에서 뛰어내리는 장권호와 그를 쫓는 적혼단 무사들을 볼 수 있었다.

그녀의 표정이 굳었고 눈빛은 차갑게 번들거리기 시작했다. 장권호가 부상당한 몸으로 객잔에서 뛰어내린 게 마음 아팠고 또한 그렇게 만든 삼도천에게 화가 난 것이다. 그녀는 장권호를 돕기 위해 움직이려다 문득 적혼단 무사들이 장권호를 열심히 쫓지 않는단 사실을 깨달았다.

그들은 굉장히 여유롭게 장권호의 뒤를 따라갔으며, 가장 후미의 청년은 마치 산보라도 나온 사람처럼 뒷짐까지 진 채 천천히 쫓고 있었다.

'토끼몰이?'

문득 서영아의 머리로 한 가지 생각이 스쳤다. 물론 장권호의 부상 때문에 여유를 부리는 것일 수도 있다.

상대가 느긋하다는 것에서 서영아는 조금 안심한 표정으로 빠르게 움직였다. 적이 여유를 부린다면 적어도 빠져나갈 시간은 벌수 있기 때문이다. 그녀는 다급한 표정으로 장권호를 찾아 움직였다.

몸이 정상이 아닌 상태에서 산을 오르는 일은 쉬운 일이 아니었다. 하지만 마을에 있는 것보다 산에 있는 것이 더 안전했고 마음이 편했다. 그에게 산은 익숙하고 친한 장소인 것은 물론이거니와 숨을 곳이 더 많기 때문이다.

강서성 동쪽에 자리한 옥산(玉山)은 그리 높은 산은 아니었지만 나무가 우거지고 수풀이 무성한 산이었다. 강서와 복건의 경계를 이루는 거대한 무이산에 비할 바는 아니지만 깊은 산은 분명했다.

옥산으로 들어온 장권호는 우거진 수풀을 헤치며 천천히 이동했다.

슥! 슥!

그를 뒤쫓는 이들은 정확하게 장권호의 위치를 파악한 듯 일정한 거리를 유지하고 있었다.

숲이 우거져 빛이 잘 들어오지 않는 곳에 이르러서야 장권호는 하늘을 올려다보았다. 이름 모를 나뭇잎에 가려진 하늘엔 아직 해가 떠 있었다. 하지만 그 시간도 그리 길지는 않을 것이다.

그가 노리는 것은 어둠이었다. 어둠이 짙게 깔린 산은 한 치 앞도 내다볼 수 없기 때문이다.

하지만 그런 생각과 달리 숲은 어느새 끝이 났고 강렬한 빛과 함께 눈앞에 넓은 공터와 공터 끝에 병풍처럼 높게 솟은 암벽이 보였다.

암벽을 보자 절로 깊은 한숨이 흘러나왔다. 자신에게 유리하다고 생각하고 찾아온 곳이 막다른 골목이었기 때문이다. 더 이상 앞으로 나갈 길은 없었다. 장권호는 천천히 호흡을 가다듬으며 암벽 가까이 다가가 섰다.

스슥!

발소리와 풀잎을 스치는 옷자락 소리가 점점 가까이 들

려왔다. 삼면에서 들리는 그 소리에 장권호는 암벽에 등을 기대앉았다. 곧 숲에서 풍비가 나타났고 장권호는 그 모습을 가만히 바라보았다.

풍비의 주변으로 적혼단 무사들이 하나둘씩 나타났다. 그들은 강렬한 살기를 뿌리며 장권호를 바라보았다. 모두 장권호에게 원한을 가진 듯 분노와 살기를 동시에 내보이고 있었다.

장권호는 그들에게 원한이 없었지만 장권호에게 당한 적혼단 무사들은 당연히 그에게 원한이 있을 수밖에 없었다. 물론 그들 중 장권호에게 가장 큰 원한을 가진 사람이 있다면 그건 풍비일 것이다.

풍비는 차가운 미소를 입가에 그리며 장권호를 바라보았다. 지친 듯 땀을 흘리는 장권호는 그가 알던 평소의 장권호가 아니기에 더욱 기분이 좋았고 안심이 되었다. 저런 상태라면 쉽게 이길 수 있다고 생각했기 때문이다.

하지만 완전히 마음을 놓을 수는 없었다. 장권호에게 당한 기억이 생생했기 때문이다. 그런 일은 두 번 다시 겪고 싶지 않았다.

"삼도천 뇌옥에는 붙잡힌 사마외도들이 꽤 머물고 있는데 모두 호의호식하며 잘 살고 있지. 자네에게 아주 어울리는 장소가 될 거야. 어떤가? 그냥 순순히 따라오는 게 서로 좋지 않겠나?"

풍비의 말에 적혼단 무사들 중 몇 명이 소리 죽여 웃었다. 자신들이 봐도 돼지우리 같은 뇌옥을 아주 좋은 객잔이라도 되는 듯 떠들었기 때문이다.

그 말에 장권호는 가벼운 미소를 보이며 고개를 저었다.

"자네의 호의는 고마우나 사양하도록 하지. 내가 그렇게 삼도천에서 호의호식할 입장이던가? 그 자리는 다른 사람들에게나 권하게."

장권호의 말에 풍비는 정말 아쉽다는 표정을 보였다.

"순순히 뇌옥으로 간다면 사지 멀쩡하게 갈수는 있었을 터인데 너무 아쉽군."

"자기 스스로 감옥에 가는 사람도 있나? 보기보다 순진하군."

장권호의 말에 풍비의 눈빛이 차갑게 반짝였다. 장권호를 도발하려다 자신이 당했기 때문이다.

장권호는 어느 정도 호흡이 안정되자 엉덩이를 털며 일어섰다.

"보아하니 아직 기다리는 사람이 있는 것 같은데 그냥 나를 잡아 가는 게 어떻겠나? 자네의 공을 다른 사람들에게 넘겨줄 생각인가?"

장권호의 말에 풍비는 살짝 미간을 찌푸렸다. 장권호의 말도 틀린 말은 아니기 때문이다. 무엇보다 장권호에게 들어야 할 말도 있었기 때문에 이 상황이 그에게 유리하지는 않았다. 하지만 지금은 그냥 이대로 시간을 보내는 것이 이득이라 여겼다.

장권호가 조금이라도 공력을 회복할 수 있는 시간을 일부러 주는 것이다. 그래야 가지고 놀면서 치욕을 줄 수 있기 때문이다.

"장 형을 잡는 게 공이라고 볼 수 있겠나?"

풍비는 우습다는 듯 말을 하다 옆에서 한 사람이 나타나자 인상을 찌푸렸다.

"그 공은 우리가 갖지."

적혼단 부단주 최영이었다. 그는 장권호의 무위를 삼도천에서 두 눈으로 직접 보았기에 그의 무서움을 잘 알고 있었다. 하지만 지금은 상처 입은 호랑이고, 이 기회가 아니라면 그를 잡지 못한다고 생각했다.

"사로잡아라."

최영의 명령에 적혼단 무사들이 천천히 장권호에게 다가왔다. 그들은 장권호의 무공이 대단하다는 것을 잘 알기에 섣불리 나서지 못한 것이다.

그렇다고 이대로 시간을 보낼 수는 없었다. 뒤에서 그 모습을 보던 최영이 눈을 부릅뜬 채 화난 목소리로 소리쳤다.

"삼도천의 적혼단이 언제부터 이토록 순한 토끼가 되었단 말이냐! 망설이지 말고 쳐라!"

"예!"

최영의 외침에 적혼단 무사들이 한순간 강한 살기를 뿌리며 크게 대답했다. 그 직후 장권호를 향해 세 명의 무사가 삼면을 점하고 다가갔다.

그나마 장권호에게 다행이라면 뒤쪽이 암벽이라 뒤는 신경 쓸 필요가 없다는 것이다. 그 하나가 지금 상태에선 상당히 좋은 일이었다. 눈에 보이는 곳만 신경 쓰면 그만이기 때문이다.

쉬쉭!

옷자락 휘날리는 소리와 함께 검을 들고 다가오는 세 명의 무사는 모두 비슷한 속도로 다가왔다. 정면의 무사가 검을 찔러오자 좌우에 서 있는 하체와 상체를 베어왔다.

그들의 움직임에 장권호는 한 발 앞으로 나서며 번개처럼 우권을 내질렀다.

팡!

허공을 격하고 친 그의 주먹이 파공성과 함께 강렬한 풍압을 만들어 정면의 무사를 쳤다. 하지만 이미 몇 번이나 본 장권호의 주먹이었기에 다가오던 무사는 검을 들어 막았다.

팍!

날카로운 파공성과 함께 달려들던 무사의 걸음이 한순

간 멈췄다. 검면으로 막았다고는 하나 강렬한 충격이 여지없이 온몸을 스쳤기 때문이다.

"큭!"

무사의 입에서 신음이 흘러나왔고 그 사이 좌우로 다가오던 두 명의 무사가 장권호의 상체와 하체를 베어갔다.

장권호는 우측으로 반보 이동한 후 허리를 숙여 베어오던 검날을 피했다. 그리고 빠르게 움직여 검을 쥔 무사의 손목을 잡았다. 그리곤 망설이지 않고 들어 올리며 몸을 반 회전하자 검을 쥔 무사가 너무 쉽게 장권호가 서 있던 자리로 옮겨갔다.

무사가 달려오던 힘을 그대로 이용해 위치를 바꾼 것이다.

"헉!"

장권호의 하체를 베던 무사의 눈앞에 동료가 보이자, 공격하던 무사가 놀라 움직임을 멈추었다. 그 짧은 망설임이 장권호에게는 기회였다. 재빠르게 우장을 눈앞에 서 있는 무사의 명치에 박아 넣었던 것이다.

퍽!

둔탁한 소리와 함께 허리가 휜 무사는 그 강렬한 힘에 입을 벌리고 쓰러졌다. 장권호는 번개처럼 그 뒤에 서 있던 무사의 얼굴을 향해 좌장을 날렸다.

빡!

타육음이 크게 울리더니 목이 뒤로 꺾인 무사가 뒤로 날아갔다. 장권호는 짧은 순간 두 명의 무사를 쓰러트렸다.

그때, '쉭!' 거리는 바람 소리와 함께 정면의 무사가 그의 목을 베어오고 있었다.

그 움직임은 신속했다. 장권호는 바람 소리에 놀라 시선을 던지다 검날이 목에 닿으려는 순간 허리를 숙이며 한 발 앞으로 나서 무사의 명치를 팔꿈치로 찍었다.

퍽!

"크억!"

창백한 표정으로 눈을 부릅뜬 채 입을 벌리던 무사가 바닥에 무릎을 꿇더니 그대로 쓰러졌다.

엉덩이를 하늘로 올린 채 쓰러진 무사는 여전히 몸을 떨고 있었으며 눈은 뒤집어진 채 게거품까지 물고 있었다. 그 처참한 모습에 다가오려던 무사들의 발걸음이 다시 한 번 멈췄다.

"내상을 입었어도 호랑이는 호랑이군."

최영이 차갑게 중얼거렸다. 아주 짧은 순간, 장권호는 한 줌의 힘만으로 세 명의 일류무사를 쓰러뜨린 것이다. 최영은 그 사실에 매우 놀랐다. 더 놀라운 건 장권호의 움직임에 쓸데없는 동작이 하나도 없단 사실이다.

장권호가 보여준 그 한 수는 공방일체(攻防一體)의 진수를 보는 듯했다. 그의 경지가 정말 대단하다는 것을 다시 한 번 느끼게 해주는 모습이었다.

"완벽하군."

최영의 옆에 어느새 나타난 강전도가 낮게 중얼거렸다. 강전도가 나타나자 최영은 한 발 물러섰다.

"오셨습니까."

"수고했다."

강전도는 최영의 인사에 대답한 후 다섯 명의 적혼단이 장권호에게 달려드는 모습을 눈에 담았다.

장권호는 눈앞에 보이는 상대의 검날을 아슬아슬하게 피하며 손을 뻗어 검을 쥔 손을 잡았다. 장권호의 큰 손에 손이 잡히자 적혼단 무사는 당황할 수밖에 없었고 장권호는 가볍게 꺾으며 옆에서 검을 찌르던 무사를 향해 밀었다.

"헉!"

동료가 옆에서 힘없이 밀치며 오자 달려들던 무사는 걸음을 멈춰야 했고 장권호는 그 사이 빠른 초쾌권으로 다른 한 명의 왼 가슴을 내리쳤다.

쿵!

"컥!"

무거운 망치로 땅을 두드리는 소리와 함께 가슴을 가격당한 무사가 힘없이 쓰러졌다. 그 직후 장권호는 다른 무사들의 가슴도 쳤다.

큰 힘을 들이지 않고 오직 가슴에 주먹이 닿는 순간에

만 적절한 힘을 가하는 그의 권에 강전도는 고개를 미미하게 끄덕였다.

천주와 대등하게 싸웠던 상대였기에 이들로 부상당한 장권호의 발걸음을 잡을 수 있다고는 생각지 않았다. 하지만 정예라고 불리는 적혼단 무사들이 내상이 심한 장권호를 이기지 못한다는 것에 자존심이 상할 수밖에 없었다.

장권호의 무공에 감탄은 했지만 그는 분명 적이었고 중원인도 아니었다. 그렇기 때문에 그의 무공을 인정하고 싶지 않았다.

"물러서라!"

강전도가 차갑게 외치자 적혼단 무사들이 뒤로 물러섰다. 그 모습에 장권호가 말했다.

"동료들도 데려가시오."

장권호의 말에 최영은 그를 보다 고개를 끄덕였다. 그러자 적혼단 무사들이 장권호의 근처에 쓰러진 동료들을 데리고 뒤로 물러섰다. 그들이 모두 빠지자 장권호의 시선은 강전도와 풍비에게 향했다. 그리고 마지막으로 차갑게 살기를 번뜩이며 서 있는 제갈수를 바라보았다.

제갈수의 표정은 굳어 있었고, 어떻게 해서라도 복수를 하고 싶다는 마음과 장권호를 죽이고 싶어 하는 것이 여지없이 얼굴에 나타나 있었다.

강전도는 차가운 표정으로 한 발 앞으로 나서며 말했다.

"삼도천의 강전도라 하네. 사람들이 나를 부를 때 은광검(銀光劍)이라 부르더군. 들어는 보았나?"

"모르는 이름이오."

장권호는 강호에 대해 자세히 알지 못하였기에 그의 별호나 이름을 몰랐다. 그의 행동에 거짓이 없어 보이자 강전도는 기분 나쁜 표정을 보이지 않았다.

"모른다면 이 기회에 알아두게나."

강전도가 검의 손잡이를 잡아가자 제갈수가 생각난 듯 낮은 목소리로 말했다.

"여자가 없습니다."

제갈수의 말에 강전도도 깨달은 듯 눈을 반짝이며 잠시 멈춰 섰다. 삼도천에서 본 여자의 모습이 지금은 보이지 않았기 때문이다.

"같이 있던 여자는 어디에 있는 건가?"

강전도가 서영아에 대해 묻자 장권호는 고개를 저었다.

"볼일이 있어 떠났는데 돌아오지 않았소."

장권호가 솔직하게 말하자 강전도는 최영에게 시선을 던졌다. 최영은 강전도의 의중을 파악하고 수하들을 시켜 주변을 수색하기 시작했다.

"내가 아는 사파의 계집 중 그 정도로 출중한 무공을 소유한 여자는 없네. 누군가?"

강전도가 서영아의 신상을 묻자 장권호는 고개를 저었

다. 굳이 그에게 그녀에 대해 이야기할 필요가 없기 때문이다. 더욱이 삼도천에서 사파인에게 어떻게 대할지 불을 보듯 뻔했기 때문이다.

"알 필요가 있겠소?"

장권호의 말에 강전도는 어차피 원하는 답을 듣지 못할 거란 사실을 알았기에 크게 신경 쓰지 않았다.

스릉!

강전도는 검을 뽑아 들고 한걸음 나서며 말했다.

"지금 나는 상당히 자존심이 상해 있다네. 왜 그런지 아는가?"

"알 리 있겠소?"

"이빨 빠진 호랑이도 아닌 변방의 개에게 검을 들어야 하기 때문이네."

일부러 개라고 표현하며 자극적인 말을 한 강전도는 장권호의 변화를 살폈다. 하지만 장권호의 표정은 별다른 변화가 없었고 크게 자극을 받은 것 같지도 않았다.

물론 장권호는 강전도가 자신을 변방의 개라고 말한 것에 대해 사실 상당히 기분이 상했다. 그런 말을 듣고 기분 좋을 사람은 없을 것이다.

강전도가 다시 말했다.

"자네가 부상을 당했다고 해서 후배에게 삼초를 양보하는 미덕(美德) 또한 보일 생각이 없네. 내게 필요한 건 자네의 목이니 말일세."

"이름 높은 삼도천의 장로치곤 말이 많군."

"호전적인 성격인 모양이야."

강전도가 장권호의 자극적인 말에 내력을 일으켰다. 그러자 그의 검이 '웅! 웅!' 거리며 울기 시작했다. 검명(劍鳴)에 장권호는 살짝 미간을 찌푸리며 주먹을 강하게 쥐었다. 아무나 검명을 낼 수 있는 게 아니었기 때문이다.

"마음에 드는 구석이 아무것도 없지만 그래도 삼도천의 장로로서 자네에게 최소한의 예의는 지키지. 일섬(一閃)이네."

핏!

강전도가 앞으로 나서며 검을 뻗자 날카로운 빛과 함께 작은 바늘 하나가 장권호의 미간으로 향했다. 유형의 검기를 한순간 날카롭게 압축하여 암기처럼 날린 것이다.

장권호는 강전도의 말이 끝나는 순간 날아드는 바늘 같은 섬광에 왼팔을 들었다.

팍!

왼팔에 검기가 부딪치자 날카로운 파열음과 함께 섬광이 소멸했다. 충격을 받은 듯 장권호는 뒤로 세 걸음이나 물러나 암벽에 기대었다.

"……!"

강전도는 장권호가 자신의 공격을 팔을 들어 막았다는

사실에 매우 놀란 표정을 보였다. 공격이 장권호의 팔을 뚫지 못했기 때문이다. 어떠한 호신강기도 뚫었던 그의 검이었는데 이런 경우는 처음이었다.

장권호는 왼팔에 뚫린 구멍 사이로 보이는 은사(銀絲)를 오른손으로 감쌌다. 과거에 살수의 손에서 뺏은 물건을 이렇게 쓸 줄은 몰랐다. 왼팔을 감싼 은사는 강철보다 단단했고 장권호가 내력까지 일으켰기에 금강석에 버금갔다.

"이섬(二閃)."

파팟!

두 개의 창날은 장권호의 전신을 노리고 호선을 그리며 날아들었다. 두 개의 은빛 창날은 장권호를 꿰뚫을 듯 다가왔다.

장권호는 은사를 풀어 오른손에 감으며 앞으로 창날을 잡을 듯 앞으로 뻗었다. 그 순간 은빛 창과 그의 우장이 부딪쳤다.

쾅!

"큭!"

반보 물러선 장권호는 급하게 좌장으로 남은 창을 막았다.

쾅!

다시 한 번 폭음이 터졌고 장권호의 신형이 암벽에 부딪쳐 흔들렸다. 하지만 그게 끝이 아니었기에 한 발 나서며 왼팔을 강전도의 안면으로 뻗었다.

쉬쉭!

은빛 섬광과 함께 왼팔에서 뻗어 나온 은사가 마치 날카로운 검기처럼 강전도의 전신을 감쌌다. 그 모습에 강전도가 앞으로 나서며 다음 초식을 펼치다 검날의 방향을 틀어 은사를 잘랐다.

따다당!

눈에 보이지 않는 은사를 검으로 잘라내는 강전도의 신형이 십여 개로 늘어난 것처럼 보였으며 그의 검기가 빠르게 사방을 감싸 돌았다.

장권호는 자신의 내력을 담은 은사를 너무 쉽게 자르는 강전도의 모습에 안색을 바꾸며 앞으로 나섰다.

슈악!

그의 우권이 폭풍 같은 기세로 강전도의 가슴으로 향하자 강전도는 가볍게 몸을 돌려 피한 후 재빠르게 검을 뻗었다.

"사광(四光)."

번뜩!

그의 검기가 마치 갑자기 타오르는 불꽃처럼 장권호의 전신을 감쌌다. 장권호는 그 모습에 매우 놀라 어금니를 깨물며 빠르게 몸을 움직였다.

따다다당!

왼팔의 은사를 이용해 검기를 막으며 몸을 움직였지만 다 막지는 못하였다. 무엇보다 공격 하나하나에 실린 강한 압력에 장권호는 물러설 수밖에 없었다.

쿵!

벽에 다시 한 번 등을 기댄 장권호는 저도 모르게 기침을 하며 허리를 숙였다.

"쿨럭!"

피를 한 사발 토한 장권호는 거친 호흡을 뱉으며 고개를 들었다. 그런 그의 양팔은 마치 거미줄 같은 혈선들로 가득했다. 강전도의 검기에 베인 것이다.

'내상이 또 도졌군.'

장권호는 저도 모르게 쓰게 웃으며 입술을 훔쳤다. 다 낫기도 전에 이렇게 싸우면 내상이 나을 리가 없었다. 오히려 심해질 것이다. 무엇보다 무리하게 움직였기에 전신 근육이 비명을 토하고 있었다. 그저 묵묵히 참는 것이 지금 할 수 있는 최선이었다.

'손을 드는 것도 힘든데……'

장권호는 떨리는 오른손을 들어 보려다 슬쩍 주먹을 쥐었다. 아직 주먹을 쥘 수 있는 힘은 남아 있다는 것에 자신도 모르게 미소 지었다.

"아무래도 이게 마지막이 되겠군."

이 장 가까이 다가온 강전도가 검을 늘어뜨리며 말하자

장권호는 지친 표정으로 입술을 깨물다 일어섰다.

매우 지치고 창백해 보이는 그였지만 눈은 여전히 살아 있었다. 한 걸음 더 접근하려던 강전도는 장권호의 사나운 기도에 걸음을 멈춰야 했다.

강전도는 자신이 멈춰 섰다는 사실에 기분이 상했다. 지금 장권호는 누가 보더라도 마지막 발악을 하는 모습이었는데, 그 모습에 자신이 긴장했다는 사실이 기분 상한 것이다.

강전도는 장권호가 중원인이었다면 좋겠다는 생각을 문득 했지만 그건 어디까지나 바람일 뿐이었다. 그는 검을 들어 장권호를 향해 마지막 일검을 가하기 위해 움직였다. 그때 풍비가 앞으로 나서며 급하게 말했다.

"그를 죽이는 것보다 사로잡아 데려가는 것이 더 낫지 않겠습니까?"

풍비의 말에 강전도가 미간을 찌푸렸다. 자신이 하려는 일을 막아 기분이 상했지만 풍비의 말을 무시하지는 않았다. 그를 사로잡아 데려가는 것도 나쁘지 않았기 때문이다. 제갈수가 풍비의 말에 눈을 반짝이며 동조하듯 말했다.

"장권호를 사로잡는 게 좋을 듯합니다. 그를 살려 데려가면 공천자께서도 좋아하실 겁니다."

제갈수까지 풍비와 같은 말을 하자 강전도는 할 수 없

다는 듯 검을 검집에 넣으며 신형을 돌렸다.

"그렇게 하지."

그 순간이었다.

강전도의 머리위로 백색 그림자가 떨어져 내렸다. 위에서 느껴지는 이질적인 기운에 검을 다시 잡으며 신형을 돌리던 강전도의 눈에 빛이 하나 들어왔다.

"헉!"

퍼퍽!

강전도의 오른팔과 목을 지나친 빛 사이로 어느새 나타난 서영아가 있었다. 그녀는 낮은 자세로 사람들을 노려보았다.

"어!"

강전도는 자신의 몸이 눈에 보이자 저도 모르게 멍한 표정을 보였다. 분명 거울로 보던 자신의 모습이 두 눈에 똑똑히 박혀들었기 때문이다. 그제야 목 아래가 시원하다는 느낌이 들었다.

툭!

강전도의 머리가 떨어지자 남은 몸통의 목 부분에서 피가 분수처럼 치솟더니 힘없이 바닥으로 쓰러졌다. 서영아의 기습에 강전도가 죽은 것이다.

"……!"

"헉!"

"이럴 수가!"

주변을 둘러싼 사람들이 경악에 가득 찬 눈빛으로 서영아와 죽은 강전도를 번갈아 보았다. 강전도가 단 한 수에 죽었다는 믿지 못할 현실이 눈앞에 펼쳐지자 할 말을 잃은 것이다.

강전도는 절대 기습에 죽을 인물이 아니었다. 삼도천의 장로인 그의 무공은 강호에서도 초절정이었다.

하지만 눈앞에 서영아의 기습으로 팔과 목이 잘린 강전도의 시신이 바닥에 쓰러져 있었다. 좀 전까지 말을 하던 강전도인지 의심스러울 정도였다.

강전도가 서영아의 한 수에 죽은 것은 단순한 이유였다.

방심.

한순간의 방심이 강전도를 죽게 만든 것이다.

무엇보다 서영아는 강전도보다 고강한 무공을 소유하고 있는데 기습까지 펼쳤으니 속수무책(束手無策)일 수밖에 없었다.

"크윽!"

풍비는 등줄기를 타고 흐르는 식은땀에 신음을 삼키며 이를 갈았다. 그를 더 소름 끼치게 한 사실은 서영아의 그림자가 자신의 바로 옆을 스치고 나타났다는 것이다.

서영아가 마음을 달리 먹었다면 쓰러져 있는 것은 강전도가 아니라 자신이었을 테니까.

그때 서영아가 망설이지 않고 몸을 움직여 가까이에 있던 적혼단의 삼 인을 향해 검을 휘둘렀다.

쉬악!

날카로운 파공성과 함께 회색빛 검기가 마치 채찍처럼 삼 인의 몸을 지나쳤다. '퍼퍽!' 거리는 소리와 함께 그들의 몸에서 피가 솟구치더니 힘없이 바닥에 쓰러졌다. 그들까지 쓰러지자 멍하니 있던 적혼단과 풍비가 정신을 차렸다.

최영이 외쳤다.

"죽여라!"

최영이 온몸을 떨며 외치자 적혼단 무사들이 살기를 뿜으며 사나운 기세로 달려들었다.

쉬아악! 쉬악!

그들의 신형이 강한 바람 소리를 내며 서영아를 향해 날았다. 그녀는 적혼단을 향해 망설이지 않고 검을 휘두르며 몸을 움직였다.

파팟!

"크악!"

서영아의 검이 회색빛 검기를 뿌리는 순간 여지없이 적혼단 무사들은 피를 뿌리며 쓰러졌다. 그녀는 살인에 아무런 망설임이 없었으며 손속에 사정을 두지도 않았다. 무엇보다 그녀의 살초는 날카로웠고 피하기 어려웠다.

퍽!

그녀의 검이 바로 앞에 서 있던 무사의 목을 뚫고 들어가 좌우로 흔들렸다.

파팟!

목이 잘리고 피가 튀었다. 그사이 서영아는 최영을 향해 움직였다. 그녀의 신형이 수십여 개로 흔들리며 사방으로 수많은 검기를 뿌렸다. 그 모습에 풍비와 제갈수가 뒤로 물러섰다. 본능적으로 피해야 한다는 것을 알았기 때문이다. 그녀는 절대 그들이 상대할 수 있는 인물이 아니었다.

"크아악!"

"큭!"

신음과 비명이 숲 속에서 메아리쳤다. 서영아의 신형이 유령처럼 나타나 적혼단 무사들을 유린했다.

최영은 험악하게 일그러진 표정으로 죽어가는 수하들을 바라봤다. 아니, 수하들이 아니라 자신의 수하들을 죽이는 서영아를 향해 분노와 살의로 가득 찬 시선을 던지고 있었다.

벌써 서른 명이 넘는 수하들이 그녀의 손에 죽었고 더 이상 지켜볼 수는 없었다.

"이년!"

최영은 검을 들고 분노한 얼굴로 서영아를 향해 한 발 움직였다. 순간, 적혼단 무사 한 명의 가슴을 베어 넘긴 서영아의 시선이 반짝였다.

"……!"

최영과 그녀의 눈이 마주쳤다. 바로 그때, 그녀의 얼굴이 최영의 눈앞에 마치 환영처럼 나타났다.

퍽!

최영은 어느새 자신의 목을 뚫고 들어온 날카로운 검날을 응시했다. 목에서 강렬한 고통을 느끼면서도 믿을 수 없다는 시선으로 그녀를 바라보았다. 그는 좀 전에 자신의 검날을 마치 스치듯 타고 올라와 목을 찌른 그녀의 한 수를 생각하고 있었다. 뱀이 나뭇가지를 타고 올라가는 모습과 흡사하다고 해야 할까? 그녀의 검법은 위험하고 살인적이었다.

"크…… 크윽!"

최영의 신음을 듣는 서영아의 붉은 입술은 굳게 다물려 있었다. 그녀는 서서히 최영의 목에서 검을 뺐다. 최영이 눈을 부릅뜨더니, 온몸을 떨었다.

"크륵! 큭!"

가래가 끓는 것 같은 거친 소리가 최영의 입에서 흘러나왔다. 검이 빠져나가는 서늘한 소리가 들리고 강렬한 고통이 그의 전신을 조여오고 있었다. 최영은 손을 뻗어 자신의 목을 뚫은 검날을 잡았다. 그 순간 서영아의 손목이 가볍게 위에서 아래로 흔들렸다.

퍼퍽!

손가락이 잘리는 소리와 함께 최영의 팔이 잘려나갔고 서영아는 뒤로 물러섰다. 그녀는 짙은 피 냄새를 맡으며 인정 없이 매정하고 쌀쌀맞은 태도로 입술을 깨물었다.

그리고 수많은 시신으로 가득한 공터의 모습을 눈으로 훑으며 도망친 풍비와 제갈수를 떠올렸다. 그들을 쫓을 수는 없었다. 지금은 뒤에 앉아 있는 장권호의 안위가 더 우선이었기 때문이다.

핏!

검을 허공에 휘둘러 검날에 묻은 피를 털어낸 서영아는 검을 들어 검신을 눈으로 살폈다. 장권호에게 받은 소중한 검이었기에 혹여 날이 상하지는 않았는지 확인하기 위해서였다. 그만큼 그녀에게 기린검은 소중했다.

확인을 끝낸 그녀는 여전히 예기를 품은 검의 모습에 미미하게 고개를 끄덕이며 검을 검집에 넣었다.

그녀는 곧 눈을 감은 채 암벽에 기대앉아 있는 장권호를 바라보았다. 그리고 미동도 없는 모습에 놀라 재빨리 다가가 숨을 확인했다. 다행히 그의 코끝에서 미약한 숨소리가 흘러나왔다. 그녀는 안도의 한숨을 쉰 후 재빨리 그를 안고 숲 속으로 사라졌다.

*   *   *

타탁!

바위와 나무를 차고 산을 빠져나온 풍비는 대로에 서서 잠시 숨을 골랐다.

휘리릭! 휘릭!

그의 뒤로 십여 명의 적혼단 무사들과 제갈수가 착지했다. 그들은 모두 상기된 얼굴로 숨을 몰아쉬고 있었다.

"저런 계집은 처음이군."

어느 정도 호흡을 고른 풍비가 중얼거리며 서영아의 모습을 떠올렸다. 지금까지 살아오면서 저토록 살벌하게 사람을 짚단처럼 베어 넘기는 여자는 처음 보았다.

적혼단 무사들을 마치 인형 대하듯 가볍게 베어 넘기는 그녀의 모습은 살귀(殺鬼) 같았다.

그녀가 적혼단 무사들을 베어 넘긴 후 자신을 향해 다가왔을 때, 풍비는 그저 도망쳐야 한다는 생각밖에 하지 못했다. 그녀가 어떻게 검을 휘둘렀는지 잘 보지도 못했고 그녀의 신형은 마치 환영처럼 움직이는 것으로 인식했기 때문이다.

풍비는 이를 악물고 옆에 있던 적혼단 무사들 사이로 몸을 숨기며 뒤로 빠졌다. 그가 몸을 사린 순간 자신의 옆에 서 있던 무사들의 육체가 피와 함께 쓰러지는 모습을 똑똑히 본 그는 식은땀에 온몸이 서늘해졌다. 조금만 늦게 빠져나가려 했다면 분명 그녀의 손에 죽었을 것이다.

'그때 나를 죽이려 했다면 나도 죽었을지도 모른다.'

서영아가 처음 나타날 때 자신의 곁을 스치고 지나갔다는 사실에 다시 한 번 등골이 서늘해졌다. 그러다 장권호를 떠올리자 저도 모르게 주먹을 쥐었다.

'다 잡은 고기를 놓치다니.'

풍비는 그 사실에 화가 치밀어 올랐다. 차라리 기회가 왔을 때 죽였어야 했다. 하지만 신검록에 대해서 들어야 했기에 그럴 수도 없었다. 그를 죽이는 일은 신검록의 소재를 파악한 뒤가 되어야 했다.

"우엑! 우엑!"

제갈수가 한쪽에서 구토를 하자 풍비는 혀를 찼다.

"쯧쯧! 사내자식이 겨우 그 정도로 역겨워하다니 아직 멀었군. 너무 곱게만 커서 익숙하지 않은 모양이야."

"시끄러워."

제갈수가 소매로 입술을 훔치며 차갑게 말했다. 하지만 여전히 표정은 좋지 않았고 안색도 어두웠다. 강전도를 비롯한 적혼단 무사들이 피를 뿌리며 죽어가는 모습을 생생하게 두 눈으로 지켜봤기에 그 충격이 아직 머릿속에 남아 있었다.

"망할 계집 같으니라고."

제갈수가 차갑게 중얼거리며 눈을 반짝이고 있었다. 설마하니 그 여자가 그토록 고강한 실력을 지니고 있을 줄은 몰랐기에 당황할 수밖에 없었고 뒤통수를 강하게 맞은 기분이었다.

"이래서 사파 년놈들은 모두 죽여야 한다니까."

제갈수가 서영아의 손에서 참담하게 죽어간 동료들을 떠올리며 중얼거렸다. 그는 곧 풍비에게 시선을 던졌다.

"이제 어쩔 거지?"

"어쩌긴 상대를 바꿔야지. 상대는 장권호가 아니라 그 요녀니까. 그 요녀를 죽여야 장권호를 죽일 수 있어. 아까 봐서 알겠지만 그놈은 이제 힘없는 허수아비에 불과할 뿐이야."

풍비의 말에 제갈수는 고개를 끄덕였다.

"다행히 내일이면 두 분 장로께서 오시니까. 합류해서 다시 찾기로 하지."

"그러지."

제갈수가 풍비의 말에 동의하며 천천히 마을로 걸음을 옮겼다.

*   *   *

허름한 장원에 모여든 사람들은 모두 같은 복장의 삼도천 무인들이었다. 그들 사이로 눈에 띄는 것은 장로인 장위와 감석이었다. 둘은 심각한 표정으로 다탁 앞에 앉아 보고하는 무사들을 질책했다.

장권호를 옥산에서 놓친 지 며칠이 지났지만 아직까지도 그를 찾지 못했기 때문이다. 백방으로 수소문해 봤지만 장권호와 그를 도운 서영아의 모습은 마치 연기처럼 사라진 듯 찾지 못했다.

"적혼단이 거의 괴멸하였고 강전도도 죽었어. 이 일이 강호에 퍼지기라도 하면 큰일이네."

"우리가 입을 닫는다고 해결될 일도 아니지 않은가?"

감석의 말에 장위가 심각한 표정으로 차를 마시며 말했다. 그의 말에 감석이 미간을 찌푸렸다.

"자네는 걱정도 안 되는가? 지금까지 삼도천이 이토록 망신당한 적이 있었나? 내 기억에는 없었네. 망신도 이런 개망신이 없어."

감석이 화가 난다는 듯 고개를 저었다.

"소문이 나기 전에 일단 찾는 게 중요하네. 그자를 죽여야만 우리의 명예를 지킬 수가 있어."

"그렇겠지."

장위의 말에 감석이 담담한 표정으로 수염을 쓰다듬었다.

"그가 내상으로 힘을 못 쓸 때 잡아야 하는데 걱정이군……. 이대로 내상을 회복하면 우리만으로는 역부족일 것 같네."

장위가 다시 한 번 말하자 감석이 살짝 인상을 썼다.

장위의 말은 자신들의 무공이 장권호에 비해 떨어진다는 뜻이었기 때문이다.

"그것도 그렇군."

자존심이 상하지만 감석은 인정해야 한다고 생각했다. 삼도천에서 보여준 장권호의 신위는 정말 대단했기 때문이다.

"지금쯤 어딘가에 숨어서 내상을 치료하고 있을 텐데 걱정이군. 하루라도 빨리 잡아야 하는데 말일세."

장위가 다시 한 번 중얼거리며 차를 마셨다.

쿵!

탁자를 가볍게 내리친 공천자는 상당히 화가 난 표정이었다. 그의 앞에는 그의 그림자이자 왼팔인 양청이 서 있었다. 양청은 화가 난 공천자의 모습에 긴장한 모습이 역력했다.

"고작 사람 한 명 찾는데 이토록 시간이 오래 걸린다는 게 말이 되나? 도대체 그동안 뭐했어? 큰 부상을 입은 놈이 도망을 가봤자 얼마나 갔겠나? 근방 백 리 안에 있을 터인데 수색도 못한단 말인가?"

"죄송합니다."

양청이 고개를 숙이자 공천자는 혀를 차며 고개를 돌렸다.

"샅샅이 수색하게, 인가도 뒤지고. 그렇게 했는데도 없으면 범위를 넓혀 천 리까지 수색해."

천리라는 말에 양청의 표정이 굳었다. 천 리를 샅샅이 수색하기란 쉽지 않았기 때문이다. 무엇보다 인원이 부족했다.

"알겠습니다. 하지만 저희들만으로는 쉽지 않습니다. 개방과 공조해도 되겠습니까?"

양청이 공천자에게 조심스럽게 물었다.

공천자는 양청의 말에 살짝 미간을 찌푸렸다. 양청의 말처럼 현재 삼도천 내부 인원만으로 장권호를 수색하기엔 현실적으로 어려운 것이 사실이다. 그것을 잘 알기에 공천자는 고민이 되었다

개방에 협조를 요청하면 도와주겠지만, 어떤 일 때문에 그러는지 파고들 것이 분명했다. 그게 마음에 걸렸다. 삼도천의 명예와 관련된 일이었다. 삼도천이 변방의 무림인에게 유린당했다는 소리를 듣기 싫었던 것이다.

개방은 그 사실을 온 천하에 알릴 놈들이었다.

"개방 놈들이 분명 깊이 파고들겠지?"

"그럴 것입니다."

"그리고 장권호를 왜 찾는지 알게 되면 우릴 비웃겠지?"

"그렇겠지요."

양청은 공천자의 물음에 담담한 표정으로 대답했다. 공

천자는 그런 양청을 향해 차가운 눈빛을 던지며 다시 말했다.

"그걸 알면서도 그들과 공조하겠다는 것이냐?"

공천자의 물음에 양청은 침착한 표정으로 대답했다.

"어차피 언젠가는 모두 알게 될 일입니다. 아무리 저희가 입단속을 단단히 한다지만 입은 막을 수 없는 법입니다. 그러니 숨길 필요 없이 개방의 힘을 빌리는 것도 나쁘지 않다고 생각합니다."

"개방은 입이 너무 싸. 거기다 우리에게 그리 협조적인 놈들도 아니고."

"그렇지만 정보력은 최고입니다."

양청의 말에 공천자도 정보력만큼은 인정한다는 듯 고개를 끄덕였다.

"하오문과 이야기를 하지. 그놈들은 사파지만 개방과 달리 입이 무거우니까. 그리고 돈을 주면 더 이상 묻지도 않는 놈들이니 이용하기에도 적당한 곳이네."

공천자의 말에 양청이 문득 무언가 생각난 듯 말했다.

"하오문과 만나보겠습니다. 그런데 문제가 있습니다."

"문제?"

"저희를 담당하는 하오문의 추월이 죽었다고 합니다. 누구의 손에 죽었는지 그들도 조사 중인데, 그 범인을 잡을 수 없어 곤혹스러워하고 있습니다."

"놀랍군."

공천자는 추월이 죽었다는 소식에 상당히 놀란 표정을 보였다. 얼마 전에 자신과 술잔을 함께 나누었기 때문이다. 그녀의 급작스러운 죽음에 무언가 알 수 없는 냄새가 나는 듯했다.

"추월이 죽었다라······."

공천자는 수염을 쓰다듬으며 추월을 떠올렸다. 무엇보다 그녀와는 비밀스러운 일을 진행했던 사이였다.

'신검록 때문에 죽은 것인가?'

공천자는 신검록의 행방을 찾기 위해 함께 손을 잡았던 일을 떠올리며 살짝 미간을 찌푸렸다. 의심스러운 죽음이 분명했기 때문에 당황한 것이다.

장권호의 행방을 찾지 못한 것에 화가 난 공천자였지만 추월의 죽음까지 듣게 되자 듣게 되자 마음이 착 가라앉았다. 오히려 그 소식에 냉정을 되찾았다. 양청은 공천자가 평소의 모습으로 돌아오자 낮은 숨을 내쉬었다.

"하오문주는 여전히 얼굴을 내밀지 않고 있나?"

"그렇습니다. 부문주만이 추월의 죽음 때문에 잠시 얼굴을 보였다고 합니다."

"그 일은 우리도 관심이 많으니 부문주를 부르게. 오랜만에 한번 얼굴을 봐야겠어."

"그렇게 하겠습니다."

"우선 장권호를 찾아야 하니 하오문과 협조하게. 부문주를 만나는 것도 잊지 말고 처리하고."

"알겠습니다."

양청이 대답과 함께 공천자의 손짓에 밖으로 나갔다. 그가 나가자 공천자는 짧은 숨을 내쉬며 자리에서 일어섰다.

'송사리가 어느새 잉어로 바뀐 것인가?'

지금 장권호를 처리하지 못하면 점점 감당할 수 없게 변할 것 같았다. 아니, 이미 감당하기 어려운 존재로 변한 것인지도 모른다.

방 안에 앉아 있는 유영천은 본래의 여유로운 표정보다 조금 심란해 보였다. 장권호를 만난 것이 그에게는 생각지도 못한 의외의 일이었기 때문이다.

'내 말을 믿어 줄 리도 없고…… 진정 나를 원수로 대한다면 어찌해야 한단 말인가?'

유영천은 장권호를 생각하자 한없이 마음이 약해지는 자신을 볼 수 있었다.

"천주님, 향비입니다."

문 밖에서 들리는 소리에 홀로 차를 따라 마시던 유영천은 고개를 들었다.

"그래. 들어오너라."

유영천의 말소리에 향비가 안으로 들어와 인사를 한 후 의자에 앉았다. 유영천은 그녀가 앉자 질문을 던졌다.

"어찌 된 일인지 알아냈느냐?"

유영천의 물음에 향비는 그 동안 조사한 일을 설명하기 시작했다.

"장백파나 장권호와 관련된 일은 거의 남아 있는 게 없었어요. 아무래도 공천자가 손을 쓴 모양이에요."

"공천자가 내게 숨기려 한 것이겠지. 내가 알면 당연히 반대할 테니 말이야."

"그런 것 같아요. 천주님이 알면 분명 화를 낼 일이었을 테니……"

향비는 장백파와 천주의 관계를 대충은 알고 있었기에 고개를 끄덕였다.

"그래서 알아낸 게 거의 없는 것이냐?"

"장백파의 멸문은 삼도천에서도 공개적으로 한 짓은 아닌 것 같아요. 거기에 관련된 서류는 어디에도 없었으니까요. 하지만 삼도천의 고수들 중 일부가 비밀리에 간 것은 사실로 보였어요. 비밀 유지를 위해 말로만 전달한 것으로 생각되네요. 제갈수를 통해 들은 바로는 풍운회에서 꽤 많은 인원이 움직였다네요."

"흠……"

유영천은 그 말에 깊은 숨을 내쉬었다. 머릿속이 복잡하게 엉켜가는 기분이었다.

"장권호는 일 년 전쯤에 나타난 신진고수로 귀문주와 대등하게 싸운 고수예요. 분명 중원에 위협이 되는 고수로 평가하고 있어요."

"우리의 기준에서인가?"

"네. 저희들의 입장에서 볼 땐 변방에 그 같은 고수의 출현은 달가운 것이 아니니까요."

향비의 말에 유영천은 가만히 고개를 끄덕였다. 중원 입장에서 본다면 분명 변방무림 출신의 고수가 나타난 일이 반가울 리 없었다. 그들은 늘 힘으로 중원을 넘봤기 때문이다.

하지만 장권호와 장백파는 달랐다. 장백파는 중원을 넘보는 사파 무리가 아니었고, 장권호도 그럴 리 없었다. 물론 그것은 유영천 본인의 생각이었다.

힘으로 중원을 넘보지 않는다고 해서 좋은 것도 아니었다. 장백파는 분명 변방이었고 한족으로 구성되지도 않았다. 그들은 오랑캐였고 그들과의 비무는 자존심이 걸린 명백한 전쟁에 속했다. 과거 중원은 그러한 전쟁에서 몇 번이고 패했다.

그때 입은 자존심의 상처는 오히려 사파 무리에게 당할 때보다 더 큰 아픔과 고통을 주었다.

"공천자는 무엇을 하고 있던가?"

"지금은 장권호를 찾는 데 주력하고 있어요. 이야기를 들어보니 깊은 내상을 입은 상태이기 때문에 지금 잡아야 후환을 남기지 않을 거라 했어요."

그 말에 유영천은 살짝 기분이 나빠진 듯 미간을 찌푸렸다.

"공천자의 후환인가? 아니면 우리 중원의 후환인가? 그게 궁금하군."

유영천의 말에 향비의 표정이 굳었다. 유영천이 오히려 장권호를 감싸는 듯한 말을 했기 때문이다.

"그는 분명 후환덩어리라 생각해요. 무엇보다 사파 여자와 함께 있는 것으로 볼 때 절대 좋은 사람은 아니에요. 아무리 천주님과 개인적인 관계가 있다 하더라도 분명 그들은 제 동료를 죽였고 변방의 이민족이에요."

향비가 개인적인 생각을 조금 격앙된 목소리로 말했다. 장권호와 서영아에게 상당한 원한이 있는 것처럼 보였다. 그녀의 말에 유영천은 씁쓸한 표정으로 미미하게 고개를 끄덕였다.

"네 말이 틀린 것은 아니야. 하지만 애초에 원인을 제공한 자들은 네가 욕하는 장권호가 아니라 우리라는 것을 잊지 말아야 한다."

그의 말에 향비가 입을 다물었다. 유영천의 말이 틀리지 않았기 때문이다.

"장백파가 그리되지 않았다면 권호가 나오는 일도 없었 겠지……. 이는 분명 중원의 책임이라고 봐야 해."

향비는 그가 계속해서 삼도천이 아니라 장권호의 편을 들어주자 마음이 좋지 못하였다. 분명 뭔가 반박은 하고 싶었으나 틀린 말이 없었기에 반박할 수가 없었다. 그 점 이 아쉬웠다.

"천주님께서 장백파와 약간의 인연이 있다는 이야기는 들었어요. 하지만 지금은 장백파나 장권호를 생각하시면 안 돼요. 중원을 생각하셔야 해요. 원인을 제공한 것은 분 명 우리지만 그들도 잘못한 게 없지는 않아요. 애초에 변 방무림이 원인을 제공했기 때문에 중원이 뭉친 것이 아닌 가요? 이 문제는 누가 먼저가 원인을 제공했는지 따질게 아니라고 봐요."

변방 무림이 원인을 제공했기 때문에 중원과의 반복이 계속된다고 말을 하는 향비의 눈빛은 확고한 믿음으로 빛났다. 절대 중원이 먼저 나서서 변방무림을 억압하고 탄 압한 적이 없다는 표정이었다.

하지만 누가 먼저 싸움을 걸었는지는 알 수 없는 문제 였다. 유영천은 변방을 떠돌면서 중원과 같은 감정으로 중원을 바라보는 사람들을 만날 수가 있었다. 그들의 입 장에선 중원이 먼저 일으킨 싸움이었고 탄압이었다. 어차 피 입장 차이일 뿐이었다.

"네 말을 모르는 것은 아니야. 거기다 나는 장백파와 인연이 깊은 편이시, 공천자는 그 점을 염려했을지도 모른다. 하지만 도가 지나쳤어."

유영천은 담담한 목소리로 말하며 고개를 저었다. 그는 다시 말했다.

"내가 원하는 것은 화합이다. 변방과의 반목이 아닌 화합을 원하고 있어. 그게 내 마음이지. 단지 그걸 몰라주는 게 아쉬울 뿐이다."

향비는 유영천의 표정이 상당히 허전해 보인다고 느꼈다. 마치 고독한 절대자를 보는 기분이었다. 그런 느낌이 스치듯 지나치자 향비는 어깨를 살며시 떨어야 했다. 유영천의 이런 모습은 처음 봤기 때문이다.

"제가 주제넘은 말을 한 것 같아 죄송해요. 천주님의 뜻이 그러하다면 저는 따를 것입니다."

향비가 고개를 숙이며 낮은 목소리로 말하자 유영천은 손을 저었다.

"소란을 일으키고 문제를 만든 것은 다른 사람들인데 네가 미안할 것이 무엇이 있느냐? 단지 눈과 귀를 가리고 강호를 떠돌던 나의 부족함 때문에 생긴 문제다."

"천주님."

향비가 자신을 탓하는 유영천을 안타까운 표정으로 바라보았다. 유영천은 창밖의 정원을 잠시 멍하니 바라보다

다짐한 듯 눈을 반짝이며 말했다.

"장권호와 다시 한 번 만나야겠다."

"그자와 말인가요?"

"그래. 네가 힘을 좀 써야겠어."

유영천이 살며시 미소를 보이며 부탁하듯 부드럽게 말하자 향비는 절로 고개를 끄덕였다.

"네. 걱정하지 마세요. 공천자보다 먼저 찾을 테니까요."

향비는 기필코 다른 사람보다 먼저 장권호를 찾겠다는 듯 대답했다.

제4장
반가운 손님

　삼도천에서 무이산 인근 천 리를 넘어 주변 성들까지 수색의 범위를 넓혀가자, 강호의 시선도 삼도천으로 향하기 시작했다. 그들이 이렇게 크게 움직이는 일은 거의 없었기 때문이다. 분명 무슨 문제가 생긴 것이 틀림없다고 여겼다.

　강서성과 절강성의 경계인 초계현에 자리한 장덕의 의가에는 평소와 다름없이 많은 환자들이 오갔다.

　"오늘도 환자가 많은가 보오?"

　환자들을 살피고 내원으로 향하던 장덕의 발을 붙잡은 것은 백색 무복을 걸친 사십 대의 중년 무사였다.

　며칠 전에도 찾아온 삼도천 백혼단의 단주 환영마수 조광이었다. 오늘은 전과 달리 홀로 방문한 그였다.

"늘 그렇지요. 그런데 어인 일로 또 방문하셨소이까?"

"장 의원이 만든 금창약 좀 사가려고 들렸소."

"안내하지요."

조광의 말에 장덕은 발걸음을 돌려 약재를 관리하는 약방으로 향했다. 가는 도중 조광이 주변을 둘러보며 물었다.

"요 근래에 수상한 사람들은 못 본 것이오?"

"정파의 무사들이 밤낮으로 돌아다니는데 수상한 사람이 있겠소이까? 시장의 잡배들도 요즘은 얼굴조차 내밀지 않고 있소이다."

삼도천 무사들이 자주 마을에 나타났기에 작은 사파 조직들도 몸을 사리고 있는 중이었다. 이럴 때 괜히 잘못 걸리는 날엔 그날이 제삿날이 될지도 모르기 때문이다.

조광은 장덕의 말에 가만히 미소를 보이며 고개를 끄덕였다.

"그렇군. 시장의 무지렁이 잡배들이야 우리 같은 사람들이 저승사자로 보이겠지."

가만히 중얼거린 그는 곧 생각난 듯 물었다.

"약재상들에게 듣자 하니 요 근래 평소와 다르게 상당한 약재들을 구입했다 들었소이다. 그만큼 환자가 늘어난 것이오?"

조광의 물음에 장덕은 거기까지 조사하는 삼도천의 세

심함에 가슴을 쓸어내리며 말했다.

"얼마 전 시장에서 하오잡배들의 큰 싸움이 있었소이다. 그 일로 인해 이번 달에 매입을 좀 많이 했소이다. 시장에서 물어보면 바로 알려줄 것이오."

"그런 일이 있었군."

조광은 장덕의 말에 고개를 끄덕였다. 사파 세력의 큰 싸움에 부상자는 당연히 생겼을 것이고 그렇다면 당연히 약재가 들어갈 것이다.

약방에 다다르자 장덕이 미리 재조해둔 금창약을 꺼내 상자에 담았다. 그 모습에 조광이 말했다.

"혹시라도 부상자나 수상한 사람을 보면 바로 알려주시오."

"알겠소이다."

장덕의 대답에 조광은 금창약이 들어있는 함을 받아 쥐고는 볼일을 마친 듯 신형을 돌렸다. 그가 나가자 장덕은 다시 한 번 가슴을 쓸어내리며 긴장을 풀었다. 자신이 잘못한 것은 없지만 왠지 긴장하지 않을 수 없는 눈빛을 던졌기 때문이다.

무림인의 위협적인 기도는 여전히 적응하기 힘든 구석이 있었다. 평범한 사람들과 달랐고 그것은 고수일수록 더욱 강했다.

장덕은 조광이 완전히 밖으로 나가 사라지고 나서야 뒤

뜰로 걸음을 옮겼다.

몇 개의 담을 지나 작은 정원을 가로지른 장덕은 후원
에 자리한 별채로 들어갔다. 이름 높은 의원이다 보니 그
의 의가는 당연히 규모가 있었고 환자들이 편하게 쉴 수
있는 별채도 몇 개 가지고 있었다.

특히나 신분이 높은 사람들이 오거나 돈이 많은 사람
들이 올 때 내어주는 곳이었다. 그중 한 건물에 들어간 그
는 창가에 보인 서영아를 발견했다.

서영아는 장덕이 들어오자 가볍게 인사를 건넸다. 장덕
은 그저 미소로 답하고 방 안으로 들어가 누워 있는 장권
호의 옆에 앉았다.

곧 그는 장권호의 손목을 잡고 맥을 살폈다. 그 옆에
서영아가 조용히 서 있었다.

"좀 전에 삼도천에서 사람이 다녀갔네."

장덕의 말에 서영아는 눈을 반짝였다. 삼도천 무사들이
요 근래 더욱 많이 증가한 것을 알고 있었기 때문이다. 얼
마 전에도 이곳을 수색했던 그들이었다. 다행히 들키지는
않았지만 여전히 경계를 게을리 해서는 안 되었다.

"들킬 일은 없겠지만 혹시 모르니 조심하게나."

"예."

서영아는 장덕의 말에 대답한 후 궁금한 표정으로 물었

다.

"그런데 저희에게 이렇게 잘해주시는 이유는 무엇인가요?"

서영아는 전부터 궁금했던 물음을 던졌다. 다른 의원이라면 자신들을 이렇게 숨겨주고 살펴주었었을까? 저렇게 난리를 치며 찾는 상황에서 절대 받아주지 않았을 것이다. 특히나 의원들에게 무림인은 반갑지 않은 손님이었다.

삼도천 무사들이 들이닥쳐 이곳을 수색할 때도 장덕은 단 한 마디도 불만을 표하거나 불평을 늘어놓지 않았다.

"이유야 따로 있나? 그저 내 할 일을 할 뿐이네. 그렇게만 알고 있게나."

장덕은 아무렇지도 않은 듯 말했다. 의원이 환자를 그냥 두고 볼 수 없다는 말이었고 서영아는 단순히 그렇게 생각했다.

"깨어나면 절대 안정을 취해야 하니 움직이지 말라고 전하게. 그리고 당분간 외출은 자제하게나. 소저 같은 미인이 마을을 돌아다니면 당연히 눈에 띄지 않겠는가?"

장덕의 말에 서영아는 자신도 모르게 얼굴을 붉혔다. 아직도 자신이 미인인가에 대해 의구심을 가지고 있는 그녀였고 민낯을 들고 다니는 것이 부끄러웠다.

"이만 가보겠네."

장덕은 장권호의 손을 내려놓고는 자리에서 일어섰다.

"잘 보살피게."

"예."

장덕은 서영아의 대답에 고개를 끄덕이며 밖으로 나갔다.

서영아는 장덕의 의술 덕분에 장권호의 얼굴빛이 많이 나아진 것을 보곤 마음속으로 많이 기뻐하고 있었다.

처음 그의 얼굴빛이 보라색으로 변할 때 이대로 죽는 것은 아닌가 하는 걱정을 하였기 때문이다. 그의 맥은 거의 잡히지 않았고 숨도 쉬지 않는 느낌이었다.

그를 업고 산을 내려왔을 때 머릿속에 스친 사람이 장덕이었고 곧장 의원으로 달려왔다.

서영아는 장권호 옆에 앉아 그의 손을 잡고 그저 가만히 있었다. 숨을 쉬는 장권호의 얼굴만 바라보아도 기분이 좋은지 그녀는 간간히 미소까지 보였다. 그렇게 그 자리에서 움직이지 않고 장권호의 곁을 지켜주는 그녀였다.

해가 지고 밤이 되자 서영아는 엎드려서 자다가 얼굴을 들었다. 그녀의 입술 사이로 살짝 침이 흘러내렸는데 그녀는 그것도 모르는지 본능적으로 소매를 들어 얼굴을 훔치곤 장권호의 고른 숨소리와 얼굴을 확인했다.

그녀는 다시 눈을 반쯤 감으며 꾸벅꾸벅 졸기 시작했다. 며칠 동안 잠을 제대로 잘 수 없었기 때문에 졸음을 참기가 힘들었다.

"휴우……."

몇 번 고개를 떨구던 서영아의 귓가에 깊은 숨소리가 들리자 그녀의 한순간 눈빛을 반짝이며 고개를 들었다. 그녀는 좀 전까지 졸던 일은 없다는 듯 주변을 지키는 맹수 같은 눈빛을 던지며 일어섰다.

"휴우."

또 다시 깊은 숨소리가 들리자 서영아는 깜짝 놀란 표정으로 고개를 돌려 누워 있는 장권호를 바라보았다. 숨소리가 그의 입에서 흘러나왔기 때문이다. 그리고 그의 입에서 깊은 숨소리가 다시 한 번 들리더니 그의 전신에서 뜨거운 열기가 흘러나오기 시작했다. 아지랑이 같은 회색빛 운무가 피어나자 깜짝 놀란 서영아가 뒤로 물러섰다.

'운기 중이신가?'

그 모습은 운기조식 중에 나오는 강한 기운이었고 장권호는 꿈속에서 운기를 하는 듯 보였다. 처음 보는 모습이었기에 놀라움과 당황스러움이 눈동자를 스쳤다. 서영아는 곧 장권호가 눈을 뜰 것이라 여겼다.

서영아는 재빨리 방 안에 놓인 호롱불에 불을 밝혔다. 그러자 방 안이 밝아졌고, 장권호의 모습이 더욱 선명하게 들어왔다.

"후우…… 후……."

서영아는 장권호의 변화에 어떻게 해야 할지 몰라 당황하였다. 이럴 때 전이대법(轉移大法)이나 추궁과혈로 도울 수 있다는 말은 들었지만 실제로 해본 적이 없었고 하는 방법조차 몰랐다.

운기조식을 하는 것 같지만 정신을 잃은 상태에서 운기를 한다는 소리는 들어 본 적도 없었기에 그의 변화가 심상치 않게 느껴졌다.

서영아는 재빨리 밖으로 나가 장덕을 찾았다. 지금 그녀에게 도움을 줄 수 있는 사람은 장덕 한 사람뿐이었기 때문이다.

서늘한 기운이 맴도는 미풍이 창을 타고 들어와 코끝에 스치자 풀냄새와 흙냄새가 느껴졌다.

그 냄새에 이끌리듯 눈을 뜬 장권호는 잠시 멍한 시선으로 빈 천장을 응시하다 곧 주변을 둘러보았다. 단조로운 모습의 방 안이 눈에 들어오자 장권호는 짧은 숨을 내쉬었다.

"아직 살아 있는 모양이야."

장권호는 자신이 아직 이승에서 숨을 쉬고 있다는 사실을 깨달았다. 마치 죽은 것처럼 아무것도 없는 허공을 맴돌다 온 기분이 들었다. 하늘에 붕 떠 있는 그 느낌이 끝이 나서야 눈을 뜬 것이다.

"이렇게 싸워보기도 처음이군."

지금까지 자신의 목숨을 걱정하며 누군가와 겨루어본 적도 없었다. 목숨을 걸어가면서 싸울 일은 일어나지도 않았다. 그만큼 철저하게 자기 자신을 관리했다고 생각했고 그렇게 살아왔다.

무엇보다 목숨까지 걸어가며 싸워야 할 상대가 없었던 것도 사실이다. 하지만 이제는 깊은 내상을 입어 완전히 낫기 전까지는 그런 일이 다시 생길지 모른다고 생각했다.

장권호는 씁쓸히 미소를 보이며 일어서려다 온몸이 마치 조각난 것 같은 통증에 누워야 했다.

'나쁘지는 않아.'

장권호는 이런 싸움을 경험해보는 것도, 이렇게 크게 아파보는 것도 모두 좋은 일이라 여겼다. 물론 절대 죽을 수도 죽고 싶다는 생각도 없었다. 어떻게 해서라도 살 것이고 내상이 완치될 때까지 기다릴 생각이었다.

찬바람이 창을 통해 불어올 때 '타다닥!' 거리는 급한 발소리와 함께 장덕과 서영아가 방 안으로 들어왔다.

"어!"

장덕은 장권호가 눈을 뜬 체 자신을 쳐다보자 놀란 표정을 보였고 서영아도 놀란 듯 잠시 몸을 떨었다.

"많이 걱정했잖아요."

서영아가 장권호의 앞에 '쪼르르' 다가와 손을 잡았다.

그녀의 표정은 상당히 격앙되어 있었고 눈가에는 눈물방울이 맺혀 있었다. 그 모습에 장권호는 슬쩍 미소를 보였다.

"나는 괜찮아."

장권호의 말에 서영아는 그저 고개만 끄덕였다. 그녀는 장권호의 목소리를 들은 후에야 안심한 듯 보였고 장덕이 헛기침을 하자 한 발 물러섰다.

"험! 눈을 떠서 다행이네."

장덕은 말과 함께 장권호의 옆에 앉아 그의 손을 잡고 맥을 짚더니 고개를 미미하게 끄덕였다.

"낮과 달리 상당히 좋아 보이는군. 그래도 몸이 약해진 것은 사실이니 무리하지 말고 계속 누워 있게나. 정 움직이고 싶다면 안에서만 다니게. 밖은 좀 소란스럽고 눈도 많으니 주의하고."

"신경 써주셔서 고맙소이다."

장권호의 말에 장덕은 수염을 쓰다듬으며 자리에서 일어섰다.

"자네가 장권호란 이름을 가지고 있지 않았다면 이렇게 신경 쓰지는 않았을 것이네. 뭐 그렇게 알게나."

"제 이름 때문에 돕는 것이오?"

"그렇다네. 자네 이름 때문이지."

"이유가 있소?"

장권호의 물음에 장덕은 미소를 보이며 고개를 끄덕였다.

"이유는 있지. 조만간 알게 되겠지만 지금은 그저 몸조리나 잘 하게. 자네는 지금 휴식이 필요하네."

장덕은 손을 한 번 저은 후 천천히 밖으로 나갔다. 그가 나가자 서영아가 옆에 앉았다.

"안색이 돌아와서 기뻐요."

서영아의 미소 진 말에 장권호는 그런 서영아의 머리카락을 쓰다듬은 후 말했다.

"네가 나 때문에 고생이 많구나. 좀 자거라 잠도 못 자 눈 밑이 검구나."

"아!"

장권호의 말에 서영아는 놀라 일어나 거울을 바라보며 눈 밑에 자리 잡은 검은 반점을 만졌다. 여자에게 큰 적인 기미가 얼굴을 덮쳤으나 그녀는 크게 신경 안 쓴다는 듯 말했다.

"좀 자면 없어질 거예요. 너무 걱정 마세요."

"옆에서 자거라."

장권호의 말에 서영아가 눈을 크게 떴다. 지금까지 장권호가 그런 말을 한 적이 없었기 때문이다.

"추워서 그래."

눈을 크게 뜨는 서영아를 향해 장권호가 이유를 말하

자 그녀는 고개를 끄덕였다. 몸이 약해진 장권호가 감기라도 걸리면 큰일이기 때문이다.

"그렇게 할게요."

서영아는 언제 피곤했냐는 듯 기쁘게 미소 지었다.

*　　　*　　　*

어둠이 내린 마을을 조심스럽게 움직이는 그림자가 있다. 야행복을 입은 호리호리한 몸매의 인영은 상당히 피곤한 눈빛을 하고 있었다.

'좋을 줄 알았더니 그것도 아니야.'

서영아는 피곤한 눈빛으로 몸을 움직이며 장권호를 떠올렸다.

처음 그가 옆에서 자라는 말을 했을 때에는 정말 기쁘고 즐거웠지만 막상 그 옆에 누워 잠을 자려고 하니 도무지 잠이 오지 않았다.

바로 옆에서 느껴지는 장권호의 온기와 숨소리 때문에 심장은 튀어 나올 정도로 크게 뛰었다. 혹시라도 장권호에게 자신의 심장이 튀어나온 게 들킬까 염려되었다. 하나부터 열까지 모두 신경 쓰여 잠을 이루지 못했다.

그러다 보니 뜬눈으로 밤을 보내고 다시 하루를 시작해야 했고, 다시 밤이 돼서야 밖으로 나온 그녀였다. 차라리 이렇게 나오니 마음이 조금은 편해졌다.

장권호의 옆에 있으면 마냥 좋고 기쁠 줄 알았는데 막상 바로 옆에 함께 누워 있자니 여간 불편한 것이 아니었다. 그래도 옆에 있다는 사실로 설레긴 했다.

세상을 살면서 이렇게 복잡 미묘한 감정이 마음을 가득 채운 적은 단 한 번도 없었기에 어떻게 해야 할지 사실 잘 몰랐다. 그저 마음 가는 대로 움직이려 하지만 너무 커서 감당하기 어려웠다.

몇 개의 지붕을 넘으며 장권호를 떠올리던 그녀는 마을 입구에 서성이는 삼도천 무사 두 명을 발견할 수 있었다. 이들은 마을을 감시하는 인물들로 무이산 근방 이천 리에 수많은 삼도천 무사가 그물망처럼 경계를 서고 감시를 하고 있었다.

그들을 지나쳐 마을에서 조금 멀리 떨어진 곳에 자리한 작은 장원 앞에 당도한 서영아는 불빛과 경계를 서는 무사들 사이로 몸을 움직였다. 그녀의 은밀한 움직임을 눈치채는 사람은 아무도 없었다.

밝은 불빛 아래 세 명의 남자가 둘러앉아 있었다. 조광과 제갈수가 자리해 있었고, 그 외에 한 사람은 삼도천에서도 거의 모습을 보이지 않는 청혼단의 단주 구안벽도(九眼劈刀) 소현이었다.

삼십 대 초반으로 보이는 그는 날카로운 눈매와 굵은 눈썹이 잘 어울리는 미남형의 남자였다. 그리고 자리한 이들 중 가장 강하게 느껴지는 사람이었다.

"아직도 찾지 못한 것을 보면 벌써 멀리 벗어난 것 같소이다."

조광이 답답하다는 듯 낮게 말했다. 늘 같은 문제로 대화를 나누지만 답은 나오지 않았다. 제갈수와 소현은 묵묵히 입을 다물고 있었으며 마치 다른 생각을 하는 사람처럼 보였다.

"개방의 움직임이 심상치 않은 듯하오. 벌써 오늘만 해도 개방도로 보이는 거지가 다섯 명이나 나타났소."

"거지들이야 음식 냄새가 난다 싶으면 파리 떼처럼 모여들지 않소? 강호의 냄새에 민감한 놈들이니 당연히 나타났겠지."

소현은 아무렇지도 않다는 듯 말을 한 후 차를 마셨다. 제갈수가 말했다.

"개방이 나타난 것이야 문제될 게 있겠습니까? 문제는 그놈을 찾아야 된다는 것인데 다른 쪽에서도 아무런 소득이 없는 모양입니다."

"아직 연락 온 것은 없는가?"

"없습니다."

조광의 물음에 제갈수가 고개를 저었다.

"하오문에서도 연락은 없던 모양이야."

"하오문도 이제 막 저희에게 정보를 제공하기로 했기 때문에 그들의 소식을 받으려면 시간이 좀 걸릴 겁니다. 긴밀하게 협조하기로 했으니 조만간 좋은 소식이 오겠지요. 단지 마음에 걸리는 것은 하오문 같은 하류잡배들과 손을 잡았다는 사실입니다."

"위에서 하는 일이니 우리가 신경 쓸 필요는 없네. 하오문과 손을 잡든 개방과 손을 잡든 어차피 결정은 위에서 내린 것이니 우린 따르면 그만이지."

하오문을 좋게 생각하지 않는 제갈수의 말에 조광이 답했다. 그의 말에 소현도 동의하는 듯 보였다. 어차피 그들에게는 결정을 내릴 권한이 없기 때문이다.

"개방은 떠벌리기 좋아하는 놈들이니 그들보다는 입이 무거운 하오문이 더욱 편한 상대였겠지. 그렇지 않다면 그들과 손을 잡을 이유가 없을 테니 말이야."

제갈수도 그 부분에 대해서는 어느 정도 인정하고 있었다. 게다가 하오문은 이유도 묻지 않고 일을 해주는 곳이다. 무엇보다 그들 입장에선 삼도천의 일을 돕는 것이 자신들의 안정된 영업에 큰 영향을 주는 일이었기에 적극적으로 움직였다.

"아무리 은밀히 움직인다 하여도 하오문의 눈을 피하는 것은 쉬운 게 아니지."

조광이 낮은 목소리로 중얼거렸다. 이 세상에 하오문의 사람이 얼마나 있는지 어느 정도까지 세상에 그 힘이 퍼져 있는지 아무도 몰랐다. 그들은 늘 강호와 함께했고 사람이 있는 곳엔 하오문이 있다는 말처럼 그들은 어디에도 존재했다.

"그런데 부상자 한 명 찾는 것치곤 대규모로 움직이는군. 이렇게 움직였는데도 찾지 못한다면 그것도 우스운 꼴이 아닐까?"

소현의 말에 조광과 제갈수의 안색이 바뀌었다. 그들은 소현의 말처럼 다시 한 번 장권호로 인해 삼도천의 명예가 실추되지 않을까 걱정하였고 실제 그렇게 되어 가고 있는 것처럼 보였다.

"삼도천의 전력을 장시간 강호에 노출시키는 일도 저희에게 좋을 것은 없습니다. 변방에서 힘을 기르는 문파들에게 전력을 알리는 일이 될 테니까요. 하지만 그만큼 장권호를 잡아야 한다는 것이 천자님의 생각이십니다."

"공천자께선 무슨 일이 있어도 장권호를 잡을 생각인 모양이군."

소현의 말에 제갈수가 고개를 끄덕였다.

"지금 기회를 놓치면 장권호는 더 큰 적이 되어서 나타날 거라 하셨습니다."

제갈수의 눈빛에 살기가 보이자 소현은 제갈수가 장권

호에게 상당히 호되게 당했다고 생각했다. 그렇지 않고서
야 제갈수처럼 평소에 자신의 감정을 거의 드러내지 않는
인물이 저렇게 흥분할 이유가 없기 때문이다.

"그래도 불만이 많아."

소현의 말에 조광과 제갈수가 그를 바라보았다. 소현
은 차를 마신 후 찻잔을 내려놓으며 말했다.

"무슨 불만인가?"

조광의 물음에 소현이 말했다.

"무림의 하늘이라 불리는 삼도천의 단주로서 부상자를
쫓아 죽여야 한다는 사실이 마음에 걸린 것뿐이오. 자존
심이 상하면서 그게 과연 정파의 하늘인 우리가 해야 할
짓인지 모르겠소. 부상자를 이렇게 다수로 핍박하는 것은
우리가 해야 할 짓이 아니라고 생각하오."

소현의 말에 조광은 살짝 아미를 찌푸렸다. 그는 소현
과 다른 생각이었다.

"그렇게 생각할 필요가 없소. 장권호는 우리 중원인도
아니고 또한 우리를 핍박하고 위협하는 변방의 무림인이
오. 그런 자에게 정파의 자비를 베풀 필요가 있겠소? 우
리 삼도천의 목적은 중원을 지키는 것이오. 그자가 중원인
이었다면 우리도 이렇게 하지 않았을 것이오. 그러나 그는
중원인도 아닐 뿐더러 언제라도 우리를 위협하는 인물이
오. 그런 자를 기회가 되었을 때 제거하는 것이 뭐가 부끄

럽단 말이오? 다수로 핍박한다고 생각하지 마시오. 우리가 해야 할 일을 하는 것이라 생각하시오."

조광의 말에 소현은 씁쓸한 표정으로 입을 닫았다. 조광의 말도 틀린 게 아니기 때문에 특별히 할 말은 없었다.

"장권호의 소재를 파악하면 우린 일생의 적을 상대하듯 그자를 상대해야 할 것이오. 또한 그자와 함께 있는 사파의 요녀도 상대를 해야 할 것이오. 그 요녀의 무공 역시 대단하여 쉽게 상대하기 어려울 것이오."

"단 두 명 때문에 삼도천의 전력이 절반 이상이나 움직이다니…… 인정하기 싫지만 그 둘은 참 대단한 인물들이오."

소현의 말에 조광은 침중한 표정으로 수염을 쓰다듬었고 제갈수는 인정하기 싫은 얼굴로 그저 표정을 굳혔다.

서영아는 천장의 어두운 그림자 속에 모습을 감추고 그들의 대화를 듣고 있었다. 이미 절정에 달한 은신술이었기에 그들은 그녀의 존재를 전혀 알지 못하였다.

'죽일까?'

문득 서영아는 마음속에서 올라오는 살심을 입안에 머금었다. 지금 당장 저들 세 명을 죽이는 일은 가능했다.

하지만 그들을 죽인다고 일이 해결되는 것은 아니었다. 삼도천의 손을 벗어나는 일이 쉬운 것도 아니었고 더 이상의 소란도 바라지 않았다. 장권호는 결코 죽이라는 명령을 내리지 않을 것이다.

그런 생각이 들자 살심을 참을 수 있었다. 그녀는 아무런 흔적도 없이 방을 빠져나와 장권호가 머무는 곳으로 움직였다.

방 안에 도착하자 장권호는 이미 잠들었다. 그 모습을 잠시 바라본 서영아는 같은 장소에 너무 오래 머물면 언젠가는 삼도천의 눈에 걸릴 것이라 생각했다. 그렇게 되면 분명 장덕에게 큰 피해를 줄 것이다. 무엇보다 하오문이 삼도천의 눈이 되어 움직이기로 한 이상 그들은 최선을 다해서 자신들을 찾을 테고, 결국 얼마 지나지 않아 들키고 말 것이다.

그것도 마음에 걸렸지만 지금 상황에서 그들과 대적하는 것은 좋지 않았다. 문득 혼자였다면 이런 상황에서 크게 고민하지도 않았을 거란 생각이 들었다.

혼자였다면 쉽게 삼도천의 손에서 벗어났을 것이고 멀리 달아났을 것이다. 그들이 두려워서 달아나는 것이 아니라 귀찮아서 도망쳤을 것이다. 그런 생각이 들자 쓸데없는 고민 같았다.

'어떻게 해서라도 벗어나야 해.'

서영아는 무슨 방법을 만들어야겠다고 생각했다.

아침에 눈을 뜬 장권호는 가벼운 운동을 끝내고 찬 물로 세수를 한 후 안으로 들어왔다. 안에는 서영아가 아침상을 차려놓고 기다리고 있었다.

장권호가 의자에 앉자 서영아가 입을 열었다.

"어제 나갔다가 삼도천 사람들이 떠드는 소리를 들었어요."

"소득은 있고?"

"큰 소득은 없지만 이곳을 빨리 떠나는 게 좋을 것 같아요. 삼도천이 하오문과 손을 잡고 저희를 찾기로 한 모양이에요."

"좋은 소식은 아니군."

장권호도 하오문의 눈이 멀리까지 퍼져 있다는 사실을 잘 알기에 고개를 끄덕였다. 그들의 규모는 상상 이상일 것이고 하오문에도 상당한 실력자들이 있다는 사실을 그도 알고 있었다. 추월만 해도 대단하지 않던가? 장권호는 아직 몸이 완전히 낫지는 않았지만 어느 정도 움직이는 데 무리는 없었기에 떠날 때도 되었다고 여겼다.

"최대한 빨리 떠나는 게 좋겠어요."

"그렇게 하자. 이곳에 있다가 삼도천의 눈에 띄면 의원님께 폐가 되니 말이다."

"네. 그런데 어디로 갈 건가요?"

"일단 황산으로 가야지. 전에 말하지 않았던가?"

"황산으로 간 이후에 어디로 갈지 생각해야 할 것 같아서요."

"그 다음에는 장백산으로 가야지. 돌아가야겠다."

"예?"

장백산으로 간다는 장권호의 말에 서영아는 조금 놀란 표정을 보였다. 자신은 아직 강호에서 복수를 하지 못한 상태였다.

"삼도천이 아직 그대로 있는데 그냥 가시는 건가요?"

장권호는 고개를 끄덕이며 말했다.

"나의 강호행은 잠시 멈춘 듯하구나. 나와 함께 가겠느냐?"

장권호의 물음에 서영아는 그 말을 기다렸다는 듯 고개를 끄덕였다.

"네. 어디를 가더라도 끝까지 따라갈 생각이에요."

"지옥이라도 같이 갈 생각인 모양이군?"

"물론이에요."

서영아는 당연하다는 듯 대답했다. 그녀의 대답에 장권호는 찰거머리 하나가 등에 달라붙은 기분을 느꼈다. 하지만 나쁜 기분은 아니었다. 그는 미소를 보이며 다시 말했다.

"함께 가준다니 든든하구나."

장권호의 말에 서영아는 자신도 모르게 미소를 보였다.

별다르게 따뜻한 말도 아니었지만 그냥 장권호의 말에 애정이 담긴 것 같아 기분이 좋았다. 거기다 앞으로도 계속 장권호와 함께한다는 생각에 마음이 하늘을 날아다니는 기분이었다.

"일단 이곳을 빠져나가 황산으로 갈 방법에 대해 생각하자꾸나."

"네."

장권호가 다시 말하자 서영아는 들뜬 기분을 가라앉히고 고민하기 시작했다.

* * *

공천자의 방 안에 앉은 이십 대 후반의 미인은 움직임이 편한 붉은 경장을 입고 있었다. 그녀는 조금 경각심을 가진 표정으로 방 안을 둘러보다 다가오는 발소리에 자리에서 일어섰다.

방 안에 들어온 공천자는 이십 대 후반의 젊은 미인이 눈앞에 서 있자 살짝 눈을 반짝였다. 자신의 예상과는 달리 너무 젊었기 때문이다.

젊은 여인은 공천자를 보자 목례를 하며 말했다.

"하오문의 노궁화라 해요. 이번에 천자님의 부르심을 받고 달려왔습니다."

"공천자라 하네. 앉게."

"예."

노궁화가 의자에 앉자 공천자는 차를 따르며 말했다.

"천엽차(千葉茶)라 하지. 향이 그윽하지 않은가?"

"좋은 향이군요."

노궁화가 찻잔을 들어 향을 맡으며 미소를 보였다.

"하오문에 인재가 많은 건가? 아니면 우리 삼도천에 인재가 없는 것인가? 죽은 추월도 그렇고 하오문은 남자보다 여자를 더 중용하는 것 같네."

"아무래도 중요한 정보를 다루다 보니 입이 가볍고 섬세함이 떨어지는 남자보다 꼼꼼함이 무기인 여성이 더 주목을 받는 것이겠지요? 문주님의 은혜로 삼도천을 담당하게 되어 영광일 뿐입니다."

노궁화의 말에 공천자는 수염을 쓰다듬으며 과연 삼도천에 보낼 만한 인물이라 생각했다. 말속에 뼈를 담으면서도 평범한 어조로 말해 얼핏 대수롭지 않게 받아들이게 하는 능력이 있었다.

"죽은 추월을 대신한다면 어느 정도 우리 일을 알고 있겠군? 인수인계는 다 한 것인가?"

그의 물음에 노궁화는 고개를 저었다.

"아쉽게도 추월이 급작스럽게 죽는 바람에 인수인계가 제대로 이루어지지 않았지요. 하지만 삼도천과 저희들의 관계에 문제가 될 일은 없을 테니 너무 심려하지 마십시오."

"그래 그렇다면 다행이지. 그런데 자네의 신분은 어떻게 되는가? 부문주를 만나고 싶었는데 말이야."

"아쉽게도 제 능력이 부족하여 부문주가 되지는 못했습니다. 하지만 하오문의 사대 총타주 중 한 명이니 서운해 하지 마십시오."

"그 정도면 충분하지. 하지만 문주가 누구인지 궁금한 것도 사실이네."

공천자의 말에 노궁화는 가만히 미소를 보였다. 공천자가 드러내놓고 문주의 정체를 물었기 때문이다. 대답을 안 할 수는 없었다.

"저 역시 아쉽지만 아직 문주님의 얼굴을 뵐 수 없었습니다."

"사대 총타주라는 자네도 문주의 얼굴을 모른다니……여전히 알 수 없는 집단이군."

공천자는 아쉽다는 듯 수염을 쓰다듬으며 차를 마셨다. 그녀의 말을 믿지는 않았지만 더 이상 물어봐야 모른다는 대답만 돌아올게 뻔하였기에 그만두었다. 하오문과 꽤 오랫동안 거래를 해왔지만 아직도 하오문주의 얼굴과 그의 신상에 대해 아는 바가 없었다.

삼도천에서도 가장 주의 깊게 관찰해야 할 대상 중 한

명이 하오문주였다. 그렇기에 그의 정체를 파악하기 위해 부단히 노력 중이었으나 아직까지 이렇다 할 정보를 얻지 못했다.

"이번에 부르신 이유는 무엇인지 여쭈어도 되겠습니까?"

그녀의 물음에 공천자는 고개를 끄덕이며 말했다. 어차피 하오문의 대표라 할 수 있는 그녀를 부른 이유가 있었기 때문이다.

"실제 하오문주를 보고 싶었지만 자네가 하오문주를 대신한다고 하니 말해도 상관은 없겠지. 신검록에 대해서 알고 있는가?"

공천자는 말을 하며 노궁화의 안색을 살폈다. 노궁화는 신검록이란 말에 눈을 반짝였으나 별다른 표정의 변화는 없었다. 침착한 인물이란 생각이 들었다.

"삼도천에서 먼저 신검록의 이야기를 꺼내기 전에는 입에 담지 말라 하여 꺼내지 않았지요. 신검록에 대해선 알고 있습니다. 물론 본 문에서도 극소수만이 알고 있는 사실이지요. 저 역시 추월이 죽은 뒤에야 듣게 된 이야기입니다."

노궁화의 말에 공천자는 미소를 보였다. 그녀의 말이 거짓 같지는 않았기 때문이다.

"더욱이 본 문에서 신검록과 연관된 두 명이 죽었기 때문에 그 문제에 대해서는 상당히 예민한 편입니다. 모두 뛰어난 인재들이었기 때문이지요."

"둘이라? 추월만 죽은 게 아닌 모양이군?"

"그렇습니다. 신검록의 행방을 좇던 특급 정보원이 죽었지요. 본문에서도 특급에 해당되는 정보원은 손에 꼽히는 편이라 상당히 큰 타격을 입었습니다. 그러다 보니 예민해질 수밖에 없지요."

"신검록에 대해 알고 있던 추월이 죽었으니 자네도 꽤 조심해야 할 거네."

"물론이지요."

노궁화는 당연하다는 듯 대답했다. 그녀는 차를 한 모금 마시며 목을 축인 뒤 다시 말했다.

"저희 문주님께서 신검록에 대해 전하신 게 있습니다."

"무엇인가?"

"더 이상 연관되지 않겠다고 하셨습니다. 신검록에 대해선 듣지도 보지도 알지도 못한다고 전하라 하였습니다."

그녀의 말에 공천자는 재미있다는 듯 미소를 보였다. 하오문에서 더 이상 신검록에 관여하지 않기로 했기 때문이다. 추월의 죽음이 상당히 큰 충격이었던 것으로 생각되었다.

"그렇게 말한다니 아쉽지만 할 수 없지."

공천자는 의외로 쉽게 받아들이며 수염을 쓰다듬었다. 문주의 정체를 모르는 이상 그 일로 그를 추궁할 수도 없었다. 그리고 이 자리에서 노궁화를 죽인다 해도 쓸데없는 살생일 뿐 달라지는 것도 없었다. 그녀는 아는 게 거의 없었기 때문이다.

"장권호의 일은 어떻게 되어가는가?"

"그의 소재를 파악하기 위해 본문에서도 총력을 다하고 있으니 너무 걱정하지 마십시오. 조만간 그의 소재를 파악할 것입니다."

"하오문에서 그리해준다니 마음이 조금은 놓이는군."

"별말씀을요."

노궁화가 가만히 미소를 지으며 대답했다. 하지만 그녀는 속으로 안도의 한숨을 내쉬었다. 신검록에 관한 이야기가 나오는 순간 자신의 목이 달아날 것 같은 느낌을 받았기 때문이다. 신검록에 대해 아는 인물을 공천자가 곱게 돌려보낼 것 같지 않았다.

보기에는 담담해 보였지만 노궁화는 사실 이곳에 목숨을 걸고 온 것이다. 삼도천은 그녀에게 목숨을 걸고 와야할 그런 곳이었다.

"신경 써줘서 고맙네. 문주에게도 안부를 전해주게나."

"여부가 있겠습니까? 하늘같은 삼도천에서 이렇게 미천한 저희 하오문을 이용해주시니 그저 감사할 뿐이지요."

그녀의 말에 공천자는 가만히 미소를 보였다. 적당히 아부까지 하는 그녀의 태도에 그녀가 추월만큼 상대하기 까다로운 인물이라 생각한 것이다.

"조만간 흑사파에 대한 토벌이 있을 것이네. 그들이 요즘 들어 꽤나 강호를 어지럽히는 모양이니 그리 알게나. 그들에 대한 정보를 주면 고맙겠네."

공천자가 좋은 정보를 하나 던져주자 노궁화는 눈을 반짝였다. 흑사파는 하오문에 속한 문파로 인신매매를 주로 하는 곳이었다. 요즘 들어 확실히 그 세가 커진 것은 사실이었다. 그런 흑사파를 삼도천에서 비밀리에 처리한다고 하면 화를 내야 했지만 그녀는 오히려 눈웃음을 지었다.

"그 일은 밑에 사람을 시켜 전하라 하겠으니 걱정 마십시오. 흑사파가 요즘 중원을 어지럽히는 것은 사실이니 벌을 받을 때가 되었습니다. 그들의 정보는 헐값에 넘기지요."

"하오문에서 헐값에 정보를 준다니 의외로군. 이유가 뭔가?"

"천자님을 뵙게 된 영광으로 생각해주십시오. 제 재량껏 하는 것이니 신경 안 쓰셔도 됩니다."

"알겠네. 오늘 만나서 반가웠네."

공천자가 말을 한 후 먼저 자리에서 일어섰다. 노궁화가 따라 일어섰다.

"일이 있어서 먼저 가 볼 테니 조심히 돌아가시게나."

"예."

노궁화의 인사에 공천자는 천천히 밖으로 나갔다. 그가 나가자 양청이 모습을 보였다. 양청을 본 노궁화는 다시 한 번 눈웃음을 치며 함께 앉아 실질적인 업무에 관한 이야기를 나누기 시작했다.

*   *   *

장덕은 긴히 할 말이 있다는 서영아의 부탁으로 별채에 들렀다.

"마을을 나가야 하는데 나갈 방법이 없다라……."

장덕은 서영아와 장권호의 말을 듣고 곰곰이 생각하는 표정을 보였다.

"약재상들이 내일 소정성으로 가니 그들과 함께 간다면 아무런 문제없이 나갈 수 있을 것이네."

장덕의 말에 서영아가 눈을 반짝였다. 작은 마을에서 장기간 숨기에는 문제가 있지만 오가는 사람이 많은 큰 성은 그런 문제가 거의 없었다. 소정성 정도의 큰 성이면 충분히 몸을 은신할 수 있을 것이다.

"소정성에 도착하면 이화장을 찾아가게나. 내 서찰을 적어 줄 터이니 이화장주에게 내가 보내서 왔다고 하면 자네들을 남경까지 가게 해줄 것이네."

장덕의 말에 장권호와 서영아가 고개를 끄덕였다. 문득

장권호가 궁금한 표정으로 물었다.

"의원님께서 이렇게 저희들을 도와주시는 이유가 무엇입니까?"

"내가 돕는 이유 말인가?"

장덕이 장권호의 물음에 오히려 되물었다. 서영아가 그 물음에 말했다.

"그게 그렇잖아요. 저희들을 성의껏 도와주시는 이유가 있을 거 같아요. 보통의 의원이라면 저희들을 받아 주지 않았을 거예요. 삼도천을 적으로 돌리면서까지 저희를 숨겨주신 이유가 분명 있다고 생각해요. 목숨을 걸어가면서 저희들을 도와주신 이유는 뭔가요?"

"그건 이화장에 가면 자연스럽게 알게 될 거네."

장덕이 희미한 미소를 보이며 대답을 회피했다. 그는 할 말을 다한 듯 자리에서 일어섰다.

"출발을 하려면 미리 준비를 해야 할 테니 나는 이만 가보겠네. 자네들을 데리고 가줄 약재상과 이야기 좀 나눠야 할 것 같으니 말이야. 자네들도 준비하게나."

장덕은 말을 마치자 빠르게 밖으로 나갔다.

"이화장에 가면 알게 된다니 너무 궁금해 하지 말거라."

장권호는 장덕이 굳이 말을 안 한 이유가 있다고 여겼다. 그렇기 때문에 두 번 묻지 않은 것이다. 서영아는 궁금한 표정을 감추지 못한 채 입맛을 다셨다.

다음 날 아침 일찍, 장덕은 이 씨라는 약재상과 함께 나타났다. 장덕의 소개로 온 이 씨는 특별한 물음 없이 장권호와 서영아를 짐꾼으로 위장시켜주었다. 소정으로 가는 동안 그는 특별하게 말을 걸지는 않았다.

삼 일 정도 그와 함께 움직인 장권호와 서영아는 무사히 소정성에 들어설 수 있었고, 이 씨의 안내로 이화장의 앞까지 편히 올수 있었다.

이 씨는 이화장에 장권호와 서영아를 내려주곤 빠르게 사라졌다. 그가 사라지자 장권호는 장덕의 서찰을 손에 쥐고 이화장의 문을 두드렸다. 그러자 마치 기다리고 있었다는 듯 문이 열렸고, 선비풍의 중년인이 모습을 보였다.

"누구시오?"

"장 의원이 보내서 왔소이다. 이걸 장주님께 전해주시오."

"일단 들어오시오."

중년인은 장 의원이란 말에 눈을 반짝이며 장권호와 서영아를 객청으로 안내했다. 그리고 얼마 지나지 않아 장주로 보이는 청색 화의를 걸친 중년인이 나타났다. 그는 통통한 얼굴에 훈훈한 웃음이 걸린 인상 좋은 인물이었다. 그가 장권호와 서영아를 보며 환하게 웃었다.

"하하하! 어서 오시오. 이화장에 온 것을 환영하오. 본인은 이화장의 장주 이정이라 하오. 편히 앉으시오."

"장권호라 하오."

"서영아예요."

이정의 말에 장권호와 서영아가 자신을 소개하며 앉자 이정은 장권호의 얼굴을 바라보며 말했다.

"장백파의 그 장권호란 말이오?"

"그렇소."

장권호의 대답에 이정은 다시 한 번 미소를 보였다.

"이곳에 머무는 동안 내 집이다 생각하고 편히 지내시오."

"감사하오. 하지만 남경으로 가야 하기 때문에 오래 머물지는 못할 것 같소이다."

"이야기는 들었소이다. 내 남경으로 갈 수 있는 방법을 강구할 테니 너무 걱정하지 마시오."

이정의 말에 장권호가 궁금한 듯 물었다.

"그런데 저를 이렇게 도와주시는 이유가 무엇이오? 장의원께선 이곳에 오면 알 수 있다 하였는데 일면식도 없는 저를 이렇게 성심껏 도와주시니 그 연유가 궁금해서 잠을 못잘 지경이라오."

"하하하!"

이정이 장권호의 말에 크게 웃었다. 곧 그는 웃음을 멈추며 부드러운 눈빛으로 말했다.

"고려회라고 들어 보았소이까?"

"잘 모르겠소이다."

고려회라는 말에 장권호는 처음 듣는 말이라 고개를 저었다. 그러자 이정이 다시 말했다.

"중원에 넘어온 고려 사람들이 모여서 만든 일종의 조직 같은 것이지요. 장의원과 저는 그 고려회의 사람이라오. 그래서 장 대협을 성심껏 도운 것이오. 같은 민족이라 생각하기 때문에 그런 것이니 신경 쓰지 마시오."

이정의 말에 장권호는 어느 정도 이해한 듯 고개를 끄덕였다. 하지만 그렇다 해도 자신을 이렇게 돕는 것은 목숨을 걸 만큼 위험한 일이었다. 무엇보다 이곳에서 생활을 하려면 삼도천의 눈에 벗어나서는 안 되었다.

"저를 도우면 중원에서 살아가기 어렵소이다. 그 사실을 알고 돕는 것이오?"

장권호의 물음에 이정은 당연히 알고 있다는 표정으로 대답했다.

"물론 알고 있소이다. 하지만 좋은 걸 어쩌겠소?"

"좋다니요?"

좋다는 말에 서영아가 궁금한 듯 눈을 크게 뜨며 묻자 이정이 웃으며 다시 말했다.

"장 대협이 중원의 무인들을 꺾었다는 소식을 들었을 때 나도 모르게 웃었소이다. 자긍심이라고 할까? 아니면 자부심이라 해도 좋겠지요. 여기서 온갖 구박을 당하며 자리를 잡으신 부모님을 생각하면 정말 통쾌하다오. 아마 다른 고려회의 사람들도 같은 생각일 것이오. 무엇보다 요 근래 중원의 자존심이자 하늘이라 불리는 삼도천을 휘젓 지 않았소이까? 그런데 어찌 기분이 좋지 않겠소? 고려회 의 사람들은 자신들을 대신해서 중원을 굴복시킨 장 대협 을 정말 좋아한다오. 하하하!"

이정은 정말 장권호를 좋아하는지 크게 기뻐하고 있었 다.

"나를 대신한 기분이기에 더 좋은 것 같소이다. 그러니 이곳에 머무는 동안 편히 지내시기 바라오. 남경으로 가는 건 내가 책임을 질 터이니 걱정하지 마시오."

"과분한 호의에 감사할 뿐이오."

장권호의 말에 이정은 손을 저었다.

"당연히 해야 할 일을 하는 것이오. 방을 치웠을 시간은 된 것 같으니 일어납시다. 방으로 안내하지요. 따라오시 오."

이정의 말에 장권호와 서영아가 일어나 그의 뒤를 따라 걸음을 옮겼다.

제5장
여행

예로부터 아름답다고 소문 난 항주성은 수많은 사람으로 늘 북적이는 대도시였다. 그런 항주성의 서문으로 수레하나가 천천히 들어오고 있었다.

마부석에는 방립을 쓴 향비가 앉아 있었고, 수레에는 역시 방립을 쓴 청년이 얼굴을 가리고 누워 있었다. 천하의 향비가 마부로 앉아 있다면 당연히 수레에는 유영천이 누워 있는 것이 분명했다.

유영천을 모시는 일을 제외하고 그녀가 마부석에 앉을 일은 없기 때문이다.

"항주예요."

향비가 말하자 유영천은 방립을 치우며 일어나 앉았다.

그는 오가는 사람들을 바라보며 말했다.

"남대로를 따라 내려가자꾸나."

"목적지는 어디인데요?"

"남대로를 따라 내려가면 거지들이 보일 거야. 거기가 목적지다."

"정말 가기 싫은데……."

향비가 거지들이란 말에 울상을 보였다. 이번 여행은 사실 따라오고 싶지는 않았다. 다른 이유는 없었다. 만나러 가는 사람이 거지였기 때문이다.

"아니, 왜 냄새 나고 더럽고 추잡스러운 거지들을 만나려 하시는지 모르겠어요."

"그래도 개방이라면 천하제일의 문파가 아니더냐? 필요하면 만나러 가야지."

"아무리 그래도 천주님이 직접 갈 일은 아니잖아요? 그들보고 오라고 하면 될 일인데."

향비가 투덜거리자 유영천은 가볍게 미소를 보였다. 그녀의 모습이 귀여웠기 때문이다. 향비가 신경질 나는 듯 다시 말했다.

"저는 정말 개방 거지들이 싫어요. 힘도 있고 일을 할 수도 있으면서 일부러 놀고먹으려고 거지가 된 작자들이잖아요. 남에게 구걸하는 것도 어찌 보면 남에게 돈을 뜯어내는 하류잡배들과 다를 바 없는 행위예요. 그렇게 사는 놈들을 왜 강호에서 정파로 인정하는지 모르겠어요."

그녀의 말에 유영천은 다시 한 번 미소를 보였다. 그녀의 말도 일리가 있어 보였기에 특별한 말은 하지 않았다.

"아무튼 빨리 끝내야 해요. 저 같은 아녀자가 오래 있을 곳은 절대 아니잖아요? 그리고 아녀자를 데리고 거지소굴로 가는 것도 잘한 일은 아니에요."

"알았다. 알았어. 최대한 빨리 볼일을 마치마."

"약속이에요."

"알았다니까."

유영천이 웃으며 고개를 끄덕였다.

개방의 강동 총타주인 서력은 오늘도 평소와 마찬가지로 수하들이 가져다주는 기름진 음식과 과일을 앞에 놓고 느긋하게 먹으며 눈을 감고 있었다.

밤이나 낮이나 거의 눈을 감고 잠에 취해 지내는 그는 배고프면 수하들이 가져다준 음식을 먹고 졸리면 자고 심심하면 가끔 밖에 나가 수하들을 괴롭히는 일상을 보내고 있었다. 말 그대로 놀고먹는 생활이었다.

서력은 백수건달 중에 최고의 직업은 역시 거지라고 자부하며 자신을 자랑스러워했다. 그는 달려 들어온 수하의 모습에 눈을 부릅떴다. 잠을 깨웠기 때문이다.

"타주님!"

"왜!"

서력이 버럭 소리치자 반쯤 무너진 초가로 들어온 수하가 움찔거렸다.

"나 귀 안 먹었으니 작게 말해도 된다. 말해, 왜?"

서력의 말에 수하가 조심스럽게 말했다.

"저기 손님이 왔는데요."

"손님? 나한테 올 손님이라면 장로? 방주? 소방주? 누구?"

"유영천이란 분이신데 이름을 말하면 알 거라고 하네요."

"켁!"

서력은 순간 먹던 음식이 목에 걸린 듯 안색을 붉히며 옆에 놓인 물주머니를 잡아 급히 마셨다.

"켁! 켁!"

물도 급히 먹었더니 사래가 들린 듯 기침을 하자 수하가 재빨리 등을 두들겼다.

"나…… 나가자."

서력은 사래가 걸린 목소리로 힘겹게 말하며 급히 일어나 밖으로 달려 나갔다.

초가의 마당 앞에 놓인 평상을 나름대로 깨끗이 닦은 서력은 웃음을 지으며 자리를 안내했다.

"거지다 보니 앉을 곳이 여기밖에는 없습니다."

서력의 말에 유영천은 미소를 보이며 걸터앉았다. 그 옆에 서 있던 향비는 담벼락 사이로 얼굴을 내밀고 있는 수많은 거지의 더러운 모습을 둘러보다 아미를 찌푸렸다. 그녀와 눈이 마주친 거지들은 하나같이 헤픈 웃음을 보이며 나름대로 손에 침을 뱉어 머리를 다듬었다.

하지만 향비의 차가운 시선엔 그저 혐오감만 담겨 있을 뿐이었다.

"고문이 따로 없군요. 저 얼굴들 좀 치우라고 하세요."

향비의 말에 분노한 표정으로 일어선 서력이 대노한 듯 크게 소리쳤다.

"이놈들! 저리 썩 꺼지지 못할까! 담장에 얼씬도 하지 마라!"

서력의 외침에 거지들이 놀란 표정으로 물러섰다. 그들이 사라지자 향비는 그제야 짧은 한숨을 내쉬며 유영천의 뒤에 앉았다. 하지만 여전히 그녀는 인상을 찡그리고 있었으며 표정은 좋지 않았다. 이 지역 전체를 가득 채운 독특한 거지들의 냄새 때문이다.

"이렇게 누추한 곳까지 친히 왕림하시다니 제가 그렇게 보고 싶었습니까? 부르면 바로 달려갈 텐데 말입니다. 헤헤헤."

서력이 정말 기쁘다는 표정으로 손을 비비며 말하자 유

영천은 여전하다는 듯 웃으며 말했다.

"자네를 부르고는 싶었지만 보는 눈들이 많다 보니 그
냥 내가 온 것이라네. 반갑지 않은가?"

"아주 반갑지요. 아무튼 잘 오셨습니다. 이렇게 대협의
얼굴을 보니 십 년은 젊어지는 것 같소이다. 하하하!"

"아부는 여전하군."

"제가 아부로 이 자리까지 올라왔는데 당연히 잘해야지
요. 하하!"

서력의 말에 유영천은 가볍게 웃음을 흘렸다.

"그런데 무슨 일로 이렇게 높으신 분께서 친히 저 같은
거지를 보기 위해 하늘에서 내려오신 겁니까?"

그의 아부성 말에 향비가 저도 모르게 웃음을 흘렸다.
해도·해도 너무 했기 때문이다. 이렇게 일부러 하는 아부는
그녀도 마음에 들지 않았지만 왠지 서력의 말은 재미있게
들렸다.

그녀의 웃음소리에 서력이 향비를 보며 말했다.

"이런 이런 선녀님께서도 이렇게 함께 납시었는데 마땅히
드릴 게 없어서 그저 미안할 뿐이구려. 필요한 게 있으면
말해보시구려 내 기필코 구해올 터이니."

"됐어요."

향비가 그의 말을 딱 잘라 거절했다. 그러자 서력은 차
가운 향비의 표정에 다시 말했다.

"내 태어나서 소저처럼 아름다운 사람은 처음이오. 얼음처럼 차갑고 맑은 눈동자를 지니셨구려. 세상 어떤 남자라도 소저를 보면 분명 반할 것이오."

"그만하세요. 확 그냥 검으로 눈을 찔러버리기 전에."

"험! 안 통하네."

서력이 투덜거리듯 말하며 시선을 유영천에게 돌렸다.

"무슨 일로 온 것입니까? 여기까지 친히 납신 것을 보면 분명 뭔가 궁금한 게 있다는 뜻이고…… 삼도천에서 찾지 않고 저를 찾은 것이라면 삼도천의 사람들에게도 알리기 싫은 중요한 일 같습니다."

서력의 말에 유영천은 미소를 보였다.

"그렇다고 봐야지."

"그런 궁금한 걸 물으러 오셨는데 설마 빈손으로 온 것은 아니겠지요?"

서력의 말에 향비가 말했다.

"수레에 술 세 통을 함께 가져왔어요. 모두 일등품 죽엽청이에요. 거지에게 주기에는 너무 과분한 술 같아 말렸지만 천주님은 그래도 좋은걸 줘야 한다고 해서 삼도천의 술 창고에서 몰래 가져 나온 거예요."

"이렇게 고마울 수가 있나. 잠시만."

서력이 그 말에 자리에서 일어나 밖으로 나갔다. 수레의 술을 확인하기 위해서였다.

"야! 이 거지새끼들아! 당장 안 가져와! 모두 제자리에 돌려놔라!"

담장 밖에서 서력의 분노한 외침이 들렸다. 서력이 수레를 확인하러 나가자 이미 술통을 들고 술맛을 보는 수하들이 있었기에 분노한 것이다. 잠시 동안 서력의 외침과 수하들의 비명이 들렸다.

향비가 궁금한 표정으로 말했다.

"그런데 저 거지가 그렇게 대단한가요? 별로 대단해 보이지 않는데요? 단 세 명뿐이라는 개방의 총타주 중 한 명이라면 다른 거지들과 좀 다를 거라 여겼는데……"

"본래 보기에 평범한 사람이 그 속에 특별함을 간직하는 법이란다. 저 친구가 보기에는 저래도 구걸하는 신공만큼은 탁월하지. 아마 개방의 모든 거지들 중 가장 탁월한 실력을 가지고 있다고 봐야 해."

"남에게 구걸하는 것도 신공인가요?"

"물론이지."

향비가 말도 안 된다는 듯 비웃는 표정으로 묻자 유영천은 고개를 끄덕이며 다시 말했다.

"네가 잘 모르는 모양인데 남에게 돈이나 음식을 얻기란 쉬운 게 아니란다. 네 생각도 그렇지 않느냐?"

"음…… 확실히 그런 것 같아요. 어떤 사람이라도 일면식 없는 타인에게 자신의 돈이나 음식을 나눠주기란 쉽지 않지요."

향비도 유영천의 말에 인정하는 표정을 보였다. 유영천이 그 말에 미소를 보였다.

"그렇지. 그런데 저 친구는 그걸 잘해. 처음 보는 사람에게도 음식이나 돈을 잘 얻어내는 친구지. 개방의 미래라 볼 수 있는 구걸신공을 대성한 인물이야. 저 친구가 네게 구걸을 하면 아무리 네가 강하게 마음먹어도 돈을 줄 수밖에 없을 거다."

"말도 안 돼요."

향비가 무슨 소리를 하냐는 듯 눈에 불을 밝히며 부정했다. 그 모습에 유영천은 그저 재미있다는 듯 미소를 보였다. 그때 서력이 안으로 들어와 유영천의 옆에 앉았다.

"이놈들이 버릇이 좀 없다 보니 손 좀 보느라 시간이 걸렸습니다. 기다리게 해서 죄송합니다."

서력의 말에 유영천은 손을 저었다.

"괜찮네. 그것보다 술까지 줬으니 내 부탁을 들어줘야 할 것이네."

"여부가 있겠습니까? 천주님의 부탁인데 당연히 들어줘야지요. 무슨 일입니까?"

"그럼 본론을 바로 말하지. 장권호를 찾고 있네."

"그라면 요즘 강호에 명성이 자자한 인물이 아닙니까? 이제는 십대고수의 반열에 올라도 될 정도로 뛰어난 인물이지요. 개방에선 현시대의 젊은 고수들 중 가장 높은 수준의 무공을 소유한 인물로 보고 있습니다. 그자를 찾는 이유가 있으십니까?"

서력은 눈을 반짝이며 매우 궁금한 표정으로 물었다. 유영천은 서력의 말에 담담한 미소를 보였다.

"그를 찾는 이유는 개인적으로 볼일 때문이네."

유영천의 말에 서력은 생각난 듯 말했다.

"얼마 전 삼도천에서 한바탕 난리가 났다고 하던데 그일과 관계가 있는 모양입니다."

"관계가 없는 것도 아니네."

유영천은 크게 부정하지 않았다. 그의 말에 서력은 삼도천을 장권호가 휘저었다는 소문이 사실이라 생각하였다. 하지만 그 이상은 묻지 않았다. 더 이상 물어봤자 삼도천의 자존심만 건드는 일이 되기 때문이다.

"알겠습니다. 최대한 빨리 장권호의 소재를 파악하지요. 소재를 파악하면 그냥 알려주기만 하면 되는 것입니까?"

"그렇게 해주게. 아마 장강을 넘지는 않았을 것이네."

"알겠습니다. 그런데 어디에 계실 겁니까?"

"가까운 곳에 있겠네. 항주에 왔으니 잠시 이곳 풍광을 즐기는 것도 나쁘지는 않은 것 같네."

유영천의 말에 서력은 자리에서 일어섰습니다.

"그럼 최대한 빨리 알아보겠습니다."

"아 그전에 한 가지."

유영천이 일어나며 말하자 서력이 궁금한 표정으로 쳐다보았다. 유영천이 다시 말했다.

"웬만하면 삼도천에서 찾는 것보다 빨리 찾았으면 하네. 웬만하면 말이야. 가장 먼저 만나고 싶으니까."

"아…… 확실히 삼도천과 문제가 생긴 모양입니다?"

"알아서 상상하게나."

"아닙니다. 깊이 알아서 좋을 것도 없어 보입니다."

서력은 고개를 저으며 알고 싶지 않다는 표정을 보였다. 하지만 머릿속은 많은 생각을 하고 있었으며 오늘 유영천을 만난 일에 대해 분명 방주에게 보고를 해야 했다.

"이만 가보지. 나는 외곽에 자리한 기천장에 머물고 있겠네."

"장권호를 찾으면 그리 가겠습니다."

서력의 대답에 유영천은 고개를 끄덕이며 향비와 함께 밖으로 나갔다. 서력은 유영천과 향비를 대로의 입구까지 마중 나가며 그들을 배웅해줬다.

남경 시내를 관통하는 대로를 지나는 이화표국 무사들이 표물과 함께 목적지로 향하고 있었다. 그들 틈에 표사로 분장한 서영아와 장권호가 있었다.

"거지들이 많아졌는데요?"

서영아가 주변을 서성이는 거지들이 눈에 띄게 늘었다는 생각에 말하자 장권호도 동의했다. 마을에서 눈에 띄지 않았던 거지들이 이곳까지 오는 동안 꽤 많이 보였기 때문이다.

"하오문만 움직이는 게 아니라 개방도 움직인 모양이에요. 앞으로 좀 더 조심해야 할 것 같아요."

"아무래도 그래야겠지."

"내상만 아니라면 굳이 이렇게 다닐 필요는 없는데 그게 아쉬워요."

"몸이 온전해도 쓸데없이 부딪치는 것은 피하는 게 좋아. 차라리 그들의 눈을 피할 수 있다면 그 길을 가는 게 낫겠지. 쓸데없는 싸움은 결국 또 다른 원한만 낳을 테니…… 그것도 귀찮은 일이다."

서영아는 그 말에 가만히 고개를 끄덕였다. 장권호의 말이 틀리지 않았기 때문이다.

표물의 목적지인 호선장(胡仙莊)에 도착하자 장권호와 서영아는 표사의 복장을 벗고 미리 나온 사람의 안내를 따라 별채로 걸었다.

이화장의 장주인 이정은 이곳에 가면 다음을 준비할 수 있다고 하였다.

별채의 문을 열고 들어가자 작은 호수 너머로 가옥이 눈에 들어왔다. 안내하던 사람은 문 앞에서 뒤로 물러섰고 둘은 천천히 안으로 걸어 들어갔다. 그러자 사람의 인기척 소리가 들렸고 집 안에서 걸어 나오는 백의 여인과 장권호의 시선이 마주쳤다.

"가내하……."

장권호가 잠시 걸음을 멈추고 가만히 그 여인의 이름을 중얼거리자 옆에 있던 서영아의 눈이 반짝였다.

가내하의 시선은 장권호를 보고 매우 반가운 듯 반짝였으나 그의 옆에 서영아가 서 있자 그 표정이 차갑게 변하였다.

"권호."

가내하가 아무렇지도 않게 장권호의 이름을 부르며 다가오자 서영아가 살짝 기분 나쁜 표정을 보였다.

누구보다 소중한 사람의 이름을 누군가 함부로 부른다면 기분이 나쁠 것이다. 무엇보다 그 상대가 자기 눈으로 봐도 뛰어난 미인이라면 더더욱 신경 쓰일 수밖에 없었다. 또한 장권호는 앞에 나타난 그녀와 인연이 있는 듯 이름을 알고 있었다. 그게 가장 신경 쓰이는 부분이었다.

"네가 어떻게 여기에 있지?"

장권호는 상당히 궁금한 표정으로 가내하에게 물었다. 가내하는 장권호의 물음에 신형을 돌리며 말했다.

"일단 들어가서 이야기하자."

그녀의 말에 장권호는 천천히 뒤따라 들어갔다. 그 뒤로 서영아가 굳은 표정으로 따랐다.

　방 안에 들어가자 가내하는 장권호와 함께 의자에 앉았
다. 서영아가 옆에 서 있자 장권호가 그제야 생각난 표정
으로 말했다.

　"이쪽은 서영아, 서 소저야. 내 목숨을 구해준 은인이시
지."

　"가내하라 해요."

　"서영아예요."

　장권호의 말에 가내하는 상당한 놀란 표정을 보이다 곧
경각심을 가지던 눈빛을 바꾸며 서영아에게 인사했다.

　가내하가 놀랄 수밖에 없던 것은 장권호의 목숨을 구해
주었다는 말 때문이다. 도대체 어떤 일이 있기에 장권호가
목숨의 위험을 느꼈을까? 장권호의 무공 수준을 너무 잘
아는 그녀였기에 의아함을 느꼈다.

　"꽤 사연이 긴 모양이에요."

　가내하가 서영아에게 다시 말했다. 그녀의 눈빛에 차가
운 기운이 맴돌자 서영아는 자신도 모르게 굳은 표정을
보였다. 은연 중 일어난 가내하의 기도가 날카롭게 다가왔
기 때문이다.

　"네, 사연이 길어요."

　서영아는 담담한 표정으로 대답했으나 여전히 경각심을

가진 표정이었다.

"네가 걱정되어 왔더니 굳이 그럴 필요는 없었네. 이렇게 빼어난 미인이 옆에 있으니 내 생각은 했겠어?"

"미인과 네 생각이 무슨 상관있다고 그래."

"걱정한 내가 바보 같군. 마음에 안 들어."

가내하가 장권호의 대답에 마음이 상한 표정을 보이자 장권호는 손을 저었다. 그게 가내하의 질투 어린 말이란 사실을 장권호는 모르고 있었다. 장권호는 그런 가내하의 마음이나 예민한 감정에는 전혀 관심이 없는 듯 말했다.

"그것보다 네가 어떻게 여기에 있는지 그걸 알고 싶어."

"고려회라고 알고 있어? 아니 네가 여기까지 온 것을 보면 당연히 알고 있겠지. 고려회는 우리와 정기적으로 연락을 하는 관계야. 그리고 고려회를 통해 이곳에서 기다릴 수 있었지."

그녀의 말에 장권호는 고려회의 존재가 생각보다 크다는 것을 알았다.

"그럼 네 이야기나 들어볼까? 옆에 있는 서 소저와는 어떤 관계지?"

가내하가 상당히 흥미로운 표정으로 묻자 장권호는 미소를 보이며 말했다.

"이야기하자면 길어. 내가 강호에 나와 만난 인연 중 가장 깊은 인연이니까."

"깊은?"

깊다는 말에 가내하의 눈에 살기가 맴돌았다. 하지만 그것은 찰나였다. 서영아가 살기에 반응해 저도 모르게 검의 손잡이를 잡았으나 곧 풀었다. 가내하의 살기가 사라졌기 때문이다. 서영아가 짧은 숨을 내쉬며 말했다.

"주인님은 제 목숨을 구해주신 은인이세요. 그렇기 때문에 목숨을 걸고 평생 따를 것을 맹세했어요."

"주인님? 맹세?"

가내하가 매우 놀란 표정을 보였다. 장권호가 그녀의 말에 상당히 멋쩍은 표정을 보였다.

"어쩌다 보니 그렇게 되었어."

"놀랍군. 어떻게 된 일인지 들려줘야겠어."

"그래."

장권호는 가내하의 말에 고개를 끄덕이며 천천히 그간의 이야기를 하기 시작했다. 서영아와 만난 것부터 귀문과의 일도 이야기했고 그녀와 다시 재회한 것까지 이야기한 후 지금 상황을 설명했다.

하지만 중간에 유영천과의 만남은 대충 마무리 지었다. 그가 장검명이란 사실을 굳이 가내하에게 알리고 싶지 않았기 때문이다.

해가 지고 저녁을 먹으면서도 이야기는 계속되었고 깊은 밤이 찾아와서야 모든 이야기를 들은 가내하는 장권호가 현재 내상이 깊다는 사실에 상당히 큰 충격을 받은 표정이었다. 장권호를 이길 사람은 아무도 없다고 마음속으로 생각하고 있었기 때문이다.

지금까지 중원에 나와 많은 사람들을 만나 보았지만 아직까지 장권호에 필적한 상대는 없었다.

그런데 삼도천에서 그런 장권호를 능가하는 무인이 있다는 것에 강렬한 호기심이 생겼다. 하지만 호기심만 생겼을 뿐 지금은 장권호의 내상이 걱정이었다.

"그런데 다른 사저분들은?"

"언니들은 지금 강동성 주현으로 가셨어. 그곳에서 배를 타고 대련으로 넘어갈 계획인데 네 소식을 듣고 나만 따로 남았어. 우리가 도착할 때까지 떠나지 않고 기다린다고 하니까 하루라도 빨리 주현으로 가야 해."

가내하의 말에 장권호는 살짝 미간을 찌푸리며 말했다.

"그전에 황산에 잠시 들러야 하는데…… 걱정이군."

"그 몸으로? 일단 주현에 가면 작은 언니가 있으니까 치료부터 받아. 작은 언니에게 전이대법이나 격타전공 같은 걸 받으면 어느 정도 나을 테니까. 그전에는 함부로 움직이지 말고 쓸데없이 돌아다닐 생각은 하지 마."

가내하가 장권호의 말에 쌍심지를 세우며 매우 화난 표정으로 말했다. 내상을 입은 몸으로 쓸데없이 돌아다니려 한다고 생각했기 때문이다.

"서 소저도 함께 갈 건가요?"

"네."

서영아는 당연하다는 듯 고개를 끄덕였다. 서영아의 대답에 가내하는 그녀가 그림자처럼 장권호의 옆에 있다는 것이 마음에 들지 않았다.

"그곳은 중원이 아니에요. 고향과도 영원한 이별이 될지 몰라요. 그래도 갈 건가요?"

"물론이에요."

서영아는 다시 한 번 확실하게 대답했다.

"작은 언니가 좀 싫어할지도 모르겠군."

가내하가 서영아의 모습에 낮은 목소리로 중얼거렸다. 종미미가 장권호의 옆에 찰싹 달라붙어 있는 서영아를 보면 분명 심기가 불편할 것이다.

"내 생명의 은인이셔. 잘 대해주길 바란다."

"그건 네 사정이고."

장권호의 말에 가내하가 다시 한 번 차갑게 대답했다. 가내하의 말에 장권호는 여전하다는 듯 미소만 보일 뿐이었다.

"출발은 내일 할 거니 그렇게 알아. 그리고 서 소저는 저하고 같은 방을 써야 하니 따라오세요."

"네? 저는 주인님 옆에 있겠어요."

"젊은 남녀가 함께 있는 모습을 저는 못 봐요. 밤사이에 무슨 일이 생길지 어떻게 아나요? 그러니 따라오세요."

가내하의 말에 서영아가 장권호를 쳐다보자 그는 웃으며 가내하에게 물었다.

"나를 꽤 불신하는군?"

"남자는 다 똑같아서."

가내하의 대답에 장권호는 고개를 끄덕였다.

"같이 가."

"그럼 아침에 올게요."

서영아의 인사에 장권호는 손을 들어 보였고 곧 그녀들이 방을 나가자 장권호는 천천히 자리에서 일어나 침실로 들어갔다.

*　　　*　　　*

땅! 땅! 창!

두 개의 검이 부딪치는 맑은 소리가 소나무 숲 사이로 울렸다. 이른 아침 새벽의 공기는 아직 차가웠지만 서로 검을 겨누고 있는 두 사람의 입김은 뜨거웠다.

벌써 일다경의 시간이 흐르는 동안 두 사람은 손속을 겨루며 서로의 실력을 파악했다.

두 사람의 검이 교차하듯 움직이자 다시 한 번 금속음이 울렸다. 그 순간 두 사람은 서로 상대의 반탄강기에 눌려 잠시 뒤로 물러섰다.

서영아는 검을 든 손이 마치 얼음물에 들어왔다 나온 것처럼 맹렬한 한기에 젖자 매우 놀란 표정을 보였다. 가내하 역시 서영아의 빠른 몸놀림과 단단하면서도 비쾌한 검술에 놀라고 있었다.

중원에 나와 만난 사람 중에 단연 손에 꼽는 실력의 소유자라는 것을 알았다. 무엇보다 같은 여자라는 것에서 더욱 놀라웠다.

"언니의 검술은 매우 위험한 것 같아요."

"동생의 검술도 위험한 건 마찬가지야."

서영아는 한 살 많은 가내하에게 언니라고 불렀고 가내하도 서영아를 동생으로 불렀다. 단 하룻밤 만에 두 사람은 언니와 동생이 된 것이다.

"비신검법은 매우 빠르니 이제부터는 조금 조심해야 할 거예요."

서영아가 검을 허리 높이로 들더니 가내하의 배꼽을 향해 겨누었다. 왼손을 턱과 얼굴을 반쯤 가리듯 들어 올린 모습은 방어를 위한 것으로 보였으며 기수식을 볼 때 분명 공격 위주의 검법이란 것을 알 수 있었다.

가내하는 서영아와 달리 검을 늘어뜨린 채 맹렬한 한기를 내뿜었다. 그러자 그녀의 주변으로 작은 아지랑이 같은 차가운 기운이 피어났다.

"강호 일절의 비신검법이 어느 정도인지 한 번 구경하고 싶었어."

가내하의 말이 끝나는 순간 서영아가 기다렸다는 듯이 암행보로 유령처럼 희미한 그림자만 남긴 채 다가왔다.

쉬쉭!

좌우로 마치 호선을 그리듯 다가온 그녀의 신형은 눈으로 따라가기 힘들 만큼 빨랐다. 그리고 피어난 검영은 삽시간에 가내하의 전신을 감싸는 듯했다. 가내하는 서영아의 검끝이 다가오는 모습에 수많은 잔상이 남는 것을 확인하며 일일이 검을 들어 막았다.

따다다당!

수십 개의 금속음과 함께 설운비(雪雲比)의 보법을 펼친 가내하의 움직임은 공중에 살짝 떠 있는 것 같았다.

파팟!

둘의 발그림자가 빠르게 움직이자 그녀들의 신형이 작은 원을 그리며 마주쳐갔다. 그러자 그녀들의 주변으로 십여 개의 작은 회오리가 일어났다.

땅! 땅!

가내하의 빙옥검이 차가운 한기를 만들어 서영아의 기린검을 막았고, 서영아는 쾌검이 가내하의 한기에 주춤거리는 것을 알았다. 서영아의 검이 잠시 뒤로 물러서는 듯하더니 빠르게 앞으로 찔러왔다. 천지인(天地人) 삼방을 점하는 세 개의 검 빛은 비쾌한 바람 소리를 동반했다.

쉬악!

미간과 명치, 그리고 단전을 노린 서영아의 빠른 검 빛에 가내하는 뒤로 물러선다고 될 일이 아니라는 것을 알았다.

가내하는 반보 물러서더니 좌측으로 다시 반보 움직였다. 그리고 재빨리 반 회전하듯 검기를 피하며 가내하의 검을 쳐냈다.

팍!

검과 검이 부딪쳐야 했지만 서영아도 가내하의 움직임을 읽고 검을 거두어 상체를 낮추고 재빨리 그녀의 허리를 양단하듯 검을 그었다. 가내하가 검을 돌려 검배로 서영아의 기린검을 막았다.

땅!

두 개의 검에서 피어난 맑은 소리가 울리는 찰나 '쉭!' 소리와 함께 가내하의 왼손이 여지없이 서영아의 관자놀이를 향해 날아들었다. 그녀의 손은 청색으로 빛나고 있었으며 매서운 한기가 맴돌고 있었다. 그녀의 일절인 청옥장(靑玉掌)이었다.

"……!"

서영아는 바로 코앞에서 오른쪽 귓가로 파고드는 파공성에 앉은 자세로 그대로 뒤로 몸을 날리며 왼손을 뻗었다. 그녀의 왼손이 검처럼 변해 삽시간에 청옥장을 두부

자르듯 베었다.

쾅!

"……!"

가내하가 이 보 물러섰고 서영아도 뒤로 다섯 보 물러섰다. 보기에는 서영아가 밀린 것 같지만 서영아는 청옥장의 충격을 분산시키면서 물러선 것이다.

"몽둥이로 맞은 것처럼 아프네."

가내하가 왼손을 털며 말하자 서영아가 말했다.

"옥타신수예요."

"옥타신수? 그건 수정궁주의 무공이라 들었는데?"

"네."

"귀문에 있었다고 하니 관계가 없지는 않았겠지."

물론, 가내하는 그녀가 수정궁주의 무공을 그냥 알고 있는 게 아니라 제대로 전수받았다는 사실에 놀랐다.

"수정궁주의 다른 무공도 알고 있어?"

"아니에요."

"귀문과 수정궁의 양대 무공을 모두 익힌 고수가 동생이라니."

가내하는 기분 좋은 표정으로 중얼거리며 검을 들었다. 그녀의 검광이 삽시간에 하얗게 서리가 앉은 것처럼 변하였고, 좀 전과 다른 엄청난 한기가 사방으로 퍼져나갔다.

제대로 마음먹고 싸울 의지가 생겼기 때문에 좀 전과

달리 투기까지 발산하고 있었다. 가내하의 이런 모습에 서영아는 가내하가 보기와 달리 상당히 호전적인 성격이라 생각했다. 사나운 맹수 같은 투기였기 때문이다.

서영아는 비신신공을 지금까지 삼 할 정도 일으켰으나 지금은 칠 할까지 끌어 올린 상태였다. 그만큼 가내하의 투기는 강렬했다.

팟!

가내하가 급작스럽게 앞으로 튀어나오며 검을 내리쳐왔다. 강렬한 힘이 실린 그녀의 검은 회오리치는 차가운 한기와 함께 날아들었고 서영아는 물러섰다. 받아치는 것보다 그게 이득이라 본능적으로 느낀 것이다.

팍!

허공을 가른 검에서 일어난 바람이 사방으로 퍼져나갔고 가내하의 신형은 어느새 서영아를 향해 맹렬히 날아갔다.

쉬아악!

검에 실린 강한 한기에 잠시 눌린 서영아였지만 두 번은 피하지 않았다. 그녀는 암행보로 빠르게 다가가 그녀의 검을 받아치며 빈틈을 노렸다.

쾅!

"……!"

검에 부딪친 서영아는 순식간에 밀려오는 차가운 한기

에 잠시 손이 마비되는 것을 알았다. 절로 눈이 크게 떠졌다. 가내하가 검으로 서영아의 목을 빠르게 그어왔다.

쉭!

정말 죽일 것 같은 그녀의 검 빛에 서영아는 뒤로 물러서다 번개처럼 앞으로 나서며 삼검을 찔렀다.

파팟!

검광이 번뜩이자 가내하는 마치 검이 아닌 도끼를 든 사람처럼 검을 휘둘러 단 한 번으로 세 개의 검광을 막았다.

쾅!

폭음이 울렸고 서영아는 잠시 호흡을 가다듬으며 물러섰다. 가내하의 검은 그렇게 빠르지 않은데 상당히 무거웠다. 무엇보다 밀려드는 한기가 문제였다. 차가운 한기는 전신을 조금씩 돌처럼 굳게 만들었기 때문이다.

그녀는 그것이 백옥궁의 무공이라 생각했다. 자신 정도 되는 무인이 벗어나기 힘든 한기는 백옥궁이 아니고서는 보기 힘든 것이었으니까. 마치 거미가 거미줄을 쳐서 먹이를 조금씩 죽이는 느낌이었고 자신이 가내하의 한기에 걸려든 한 마리 나비가 된 기분이었다.

하지만 서영아도 그리 만만한 상대가 아니었다. '쉭!' 거리는 소리와 함께 맹렬하게 다가오는 가내하의 검을 향해 서영아는 수십 개의 검기를 뿌리며 마주쳐갔다.

따다다당!

검과 검기가 부딪치는 소리가 울렸고 수십 번의 부딪침 끝에 가내하의 검이 힘을 잃었다. 그 순간 서영아의 검끝이 빛났다.

팟!

번쩍이는 빛과 함께 작은 고리 하나가 가내하의 한기를 뚫고 날아들었다. 가내하는 왼손을 뻗었다. 그러자 그녀의 검지에서 강렬한 청색 빛이 일어났다.

쾅!

"……!"

서영아는 좌측으로 물러서며 가내하가 지공도 익힌 사실에 놀라워했다. 가내하는 손가락 끝이 따끔거리자 살짝 미간을 찌푸리며 서영아의 정면을 보고 우측으로 돌았다.

"뭔가요?"

"혈홍지(血紅指). 한 번 쓰면 기필코 피를 보는 지공이라 그리 지은 것인데 안 통했군."

정말 아쉽다는 듯 가내하가 혀를 차며 말하자 서영아는 정말 화난 표정으로 싸늘하게 눈을 반짝였다.

"저를 죽일 생각이었어요?"

"권호의 알몸까지 봤잖아? 그러니 벌을 받아야지. 나도 어릴 때만 보고 커서는 못 봤다고."

"겨우 그런 이유로 저를 죽이려고 했어요?"

"죽을 거라 생각했다면 쓰지도 않았을 거야."

가내하의 미소 띠며 하는 말에 서영아는 고개를 끄덕였다.

"저도 그럼 제대로 해볼게요."

쉭!

가내하는 한순간에 서영아의 신형이 눈앞에서 사라지자 눈을 크게 떴다. 사방을 둘러보다 귀로 미세한 소리를 듣기 위해 집중했다. 하지만 그 어디에도 서영아의 흔적을 찾을 수가 없었다. 가내하는 손에 힘을 주었다.

웅! 웅!

그녀의 검이 차가운 살기와 함께 작게 울기 시작했다. 가내하의 귀로 멀리 있는 새들의 움직이는 소리와 벌레들의 소리까지 들려왔고 그녀는 곧 눈을 감았다. 그러자 무수히 많은 소리들이 귓가로 들어왔다. 지청술을 펼친 것이다.

그 순간 작으면서도 아주 이질적이고 미세한 소리가 들렸고 그녀는 본능적으로 눈을 떴다.

핏!

좌측의 나무 그림자에서 일어난 빛이 한순간에 목을 자르듯 날아들었고 가내하는 재빨리 몸을 피하며 검기를 뿌렸다.

쾅!

땅이 파이고 사방으로 흙먼지가 일어났지만 서영아의

모습은 없었다. 가내하의 안색이 굳었고 그녀는 차갑게 변한 눈동자로 땅을 한 번 크게 밟았다.

쿵!

강렬한 울림과 함께 그녀를 중심으로 마치 파도가 일어나 해변으로 밀려가듯 회색빛 한기가 퍼져나가기 시작했다.

쉬아아악!

그녀를 중심으로 원을 그리며 나아가는 한기는 이 장까지 뻗어갔고 그 순간 십여 개의 검기가 가내하의 등 뒤에서 날아들었다. 가내하가 재빨리 등을 돌리며 수십 개의 원을 그렸다.

따다다당!

금속음과 함께 가내하가 뒤로 밀려나갔고 서영아가 모습을 보였다.

"정말 나를 죽이려고 한 모양이군? 이 비겁한 수는 또 뭐지?"

"저는 사파였잖아요."

서영아가 눈을 반짝이며 말하자 가내하가 아미를 찌푸리며 말했다.

"이게 네가 싸우는 방식이야?"

"평소에는 안 그래요. 하지만 과거에는 그랬어요."

가내하가 그 말에 고개를 끄덕이며 검을 거두었다. 그러자 서영아도 검을 거두었고 고개를 돌려 떠오르는 해를 바라보았다. 가내하가 말했다.

"그 정도면 죽지는 않겠어."

"예?"

갑작스러운 가내하의 말에 서영아가 왜 그런 말을 했는지 궁금한 표정을 지었다. 가내하가 다시 말했다.

"작은 언니를 만나면 조심해야 할 거야. 작은 언니는 나와 달리 질투심이 정말 강한 사람이니까."

서영아는 그녀가 무슨 말을 하는지 잘 알지는 못했지만 고개를 끄덕였다.

둘은 여행하기 좋은 푸른색의 경장 차림을 하고 장권호 앞에 나타났다. 서영아와 가내하가 친해진 듯 밝은 미소를 보이며 서 있자 잘되었다는 생각이 들었다.

"잘 잤어?"

가내하의 물음에 장권호는 고개를 끄덕였다.

"편히 쉬었지. 둘은 친해진 모양이야?"

"언니 동생하기로 했지."

가내하는 말을 하다 생각난 듯 다시 말했다.

"호칭 문제 말인데. 영아는 내 동생이니까 앞으로 권호에게 주인님이란 말은 하지 마. 내 동생이 누군가를 주인님이라 부르는 건 원하지 않아. 그리고 그게 아무리 생명을 구해준 은인이라 해도 말이야. 그리고 권호도 동생으로 대해야 해."

"그건······."

가내하의 말에 서영아가 잠시 망설였다.

"오라버니라 불러."

가내하가 강요하듯 말하자 서영아는 어쩔 줄 몰라 했다. 쉽게 입에 담을 수 없는 말이었기 때문이다. 그리고 장권호에게 누이가 되고 싶은 생각은 없었다. 그렇게 되면 여자로 안 보일지 모른다고 생각했기 때문이다.

"그렇게 해. 그게 나도 좋으니까."

장권호가 미소를 보이며 말했지만 서영아는 불편한 표정이었다. 가내하가 다시 강요했다.

"내 동생이 누구를 주인으로 모시는 건 내가 못 봐. 너도 나를 언니로 생각한다면 권호를 오라버니라고 불러."

가내하는 강요하듯 말했지만 실제 마음속으로 서영아가 주인으로 모시는 것 자체를 바꾸고 싶었다. 왠지 자신보다 더욱 가까워 보였기 때문이다. 어릴 때부터 알던 자신보다 장권호와 더욱 가까워 보이는 것이 마음에 걸린 것이다. 물론 그것은 일종의 질투이기도 했다.

서영아는 가내하의 강요에 할 수 없다는 듯 고개를 끄덕였다.

"그렇게 할게요."

장권호가 그 모습에 미소를 보이며 서영아의 머리를 쓰

다듬어주었다.

"좋은 결정이다."

"장 오라버니라고 부르면 되나요?"

"그래."

장권호는 서영아가 오라버니라 부르자 왠지 모르게 기분이 좋았다. 주인님이라 부를 때와 또 다른 기분이었고 그녀가 상당히 귀엽게 느껴졌다. 그렇기 때문에 머리를 쓰다듬은 것이다. 그 모습도 가내하는 불만인 듯 눈에 불을 밝히며 말했다.

"어디 함부로 내 동생의 머리를 만져."

탁!

가내하가 손을 들어 장권호의 손등을 때리자 장권호는 고개를 저으며 말했다.

"앞으로는 주의하지."

"그런데 주현으로 어떻게 가나요?"

서영아가 궁금한 표정으로 묻자 가내하가 미소를 보였다.

"배."

중원의 허리를 지나가는 거대한 장강의 물줄기로 커다란 상선이 유유히 흘러가고 있었다. 갑판 위에는 몇몇 상인들이 눈에 보였고 그 가운데 장권호와 두 여자들이 있었다. 가내하와 서영아였다.

장강을 가로질러 내려가는 상선은 운하를 타고 북으로 올라가 주현에 다다를 예정이었다. 절강성에서 강서성을 가로질러 산동까지 이동하는 긴 뱃길이었다.

배를 타고 이동하는 것이기 때문에 특별히 눈에 띄는 일은 없었다. 모두 고려회의 사람들이었고 장권호 일행은 그저 중요한 손님으로만 알려졌다. 그렇기 때문에 여행에 불편한 점은 없었다.

단지 체력이 약해진 장권호가 강바람을 많이 맞으면 안되기에 갑판에 있는 시간이 짧았다. 가내하는 그 점이 조금 아쉽기도 했다.

가내하는 문득 생각난 표정으로 장권호에게 물었다.

"그런데 전에 황산에 간다고 하지 않았어?"

"그랬지."

장권호가 고개를 끄덕이자 가내하가 다시 물었다.

"그곳은 왜 가려고 한 건데?"

"볼일이 있어서 잠시 들리려 한 것뿐이야. 다른 이유는 없어. 확인하고 싶은 게 있었으니까."

장권호의 말에 가내하는 살짝 아미를 찌푸렸다. 이유를 알고 싶었지만 장권호가 말을 돌려가며 근본적인 이유를 말하지 않기 때문이다.

"뭘 확인하려고?"

"나중에 알려줄게."

장권호는 살짝 미소를 보였다. 그러자 가내하가 서영아에게 시선을 던졌다.

"너는 알아?"

"저도 잘 몰라요. 그냥 오라버니가 가자면 따라갔기 때문에……."

서영아의 말에 가내하는 그럴 거라 예상했기에 더 이상 묻지 않았다. 자신이 볼 때 서영아는 장권호에게 빠져 있는 여자로 보였고 장권호를 끝까지 따라가겠다는 것은 무슨 일이 있어도 절대 떨어지지 않겠다는 애정의 표현으로 보였기 때문이다.

분명 서영아는 장권호를 깊이 사랑하고 있는 게 확실했다.

"장백파에 돌아가면 이제 다시 강호에는 나오지 않을 거야?"

"한동안은 그럴지도 모르지."

장권호는 그녀의 물음에 시선을 멀리 던지며 담담히 대답했다. 사실 자신도 잘 몰랐다. 다 해결하고 모든 일이 풀린 것 같지만 뭔가 꽉 막힌 듯한 기분도 들었기 때문이다. 모든 사실을 알았지만 모든 일을 풀지 못했기에 답답하기도 했다.

지금은 단지 고향에 돌아가 머리를 식히고 싶은 기분이

었다. 무엇보다 그리운 얼굴들이 보고 싶었고 그들과 잠시라도 시간을 함께 보내고 싶었다.

"어지럽군. 조금 쉬어야겠어."

장권호는 배가 조금 흔들리자 이마를 잡으며 말했다. 그러자 서영아가 놀라 다가와 팔을 잡았다.

"제가 모실게요."

서영아의 행동에 가내하는 그 재빠름에 혀를 내두르며 고개를 끄덕였다. 저런 모습을 종미미가 보았다면 단번에 살수를 펼쳤을지도 모른다고 생각하며.

운하에 접어든 배는 강서성을 거슬러 올라가고 있었다. 남경을 출발한 지 오 일째 되던 날 저녁 배는 강서성의 중앙에 자리한 덕창현에 멈춰 섰다. 배 위에서 오랜 시간을 보낸 일행들은 잠시 마을로 들어가 휴식을 취하고 다음 날 아침 배에 올라탔다.

그들이 배에 타고 막 출발하려 할 때 일남일녀가 급하게 배 위로 올라왔다. 그중 청년은 허리에 쌍도를 차고 있었다.

그들은 급한 일 때문에 배를 구하며 장권호가 탄 배에 올라 탄 것으로 뱃사람들이 거부를 했지만 막무가내였다.

소란스러운 소리에 밖으로 나온 가내하는 낯이 익은 두 사람의 모습에 살짝 아미를 찌푸렸다. 때 마침 두 사람의 시선이 가내하를 향했고 청년은 반갑게 웃으며 소리쳤다.

"오랜만이오, 가 소제!"

청년의 외침에 가내하는 시선을 돌려 비슷한 나이로 보이는 미녀에게 시선을 던졌다.

"오랜만이에요."

그녀가 살며시 인사하자 가내하도 인사를 했다.

"조 소저를 이런 곳에서 볼 줄은 몰랐군요. 어찌 되었든 반가워요."

가내하의 말에 조선약은 살짝 눈을 반짝이며 이런 배에 가내하가 있다는 것에 정말 놀랍다고 생각하였다. 뜻밖의 상황이었고 만남이었다.

"무슨 일이에요?"

"급하게 산동성으로 넘어가야 하는데 배가 없어서 올라타게 되었소. 실례인 줄은 알지만 급하다 보니 양해 좀 해주시오. 삯은 넉넉히 드릴 테니 좀 태워주시오."

조선약과 함께 있는 청년은 쌍도를 허리에 찬 양초랑이었다.

"제 배가 아니라서 저도 모르겠네요. 저도 얻어 타는 입장이라서요."

가내하의 대답에 양초랑은 조금 실망한 표정을 보였다. 그러나 다행히 배의 주인은 가내하와 안다는 것에 허락을 해주었다.

그제야 두 사람은 깊은 한숨을 내쉬며 편안한 모습을 보였다.

"무슨 급한 일이기에 풍운회를 나왔지요?"

갑판에 기대어 선 가내하가 옆에 다가온 조선약에게 묻자 그녀가 대답했다.

"집에 좀 가려고 하는데 오라버니가 가지 말라고 막으셔서 몰래 빠져나온 거예요. 오라버니는 집에 가는 것을 싫어하시거든요. 아버님의 생신이 오 일 뒤라 그전에 가려고 이렇게 실례를 무릅쓰고 올라 탄 거예요."

"그렇군요."

가내하는 이해한다는 표정으로 고개를 끄덕였다. 하지만 정말 그게 사실인지는 믿지 못하였다.

'조씨라……. 산동의 조씨라면 산동조가뿐인데……. 그 집안의 사람인가?'

가내하는 잠시 생각하는 표정으로 말없이 흘러가는 강물을 바라보았다.

"이런 곳에서 아름다운 가 소저를 뵙게 될 줄이야. 너무 반갑소이다."

양초랑이 조선약의 근처로 다가와 말하자 가내하는 그저 가볍게 미소로 답했다.

"그런데 배를 타고 어디로 가시는 것이오? 백옥궁으로 돌아갔다고 들었는데 아직 중원에 계실 줄은 몰랐소이다."

"일정이 조금 늦어진 것뿐이에요."

"그랬구려."

양초랑은 고개를 끄덕였다. 조선약이 말했다.

"돌아가는 배편은 저희 풍운회에 말했더라면 모셔다 드렸을 터인데 서운하군요. 오라버니도 그냥 돌아간다고만 말을 한 뒤 회를 나가셔서 많이 서운해하셨어요. 백옥궁과의 교류는 거의 없었기 때문에 이번 기회에 두터운 친분을 쌓고 싶어 하셨거든요."

"충분히 좋은 친분을 쌓았으니 서운해하지 마세요. 다음에 또 들리면 되니까요."

가내하의 말에 조선약은 미소로 답했다.

"풍운회주를 상당히 좋아하나 봐요?"

"예?"

가내하의 급작스러운 질문에 조선약이 무슨 뜻인지 몰라 눈을 동그랗게 떴다. 그러자 가내하가 다시 말했다.

"저는 제 오라비가 풍운회주 같은 사람이라면 좋아하지 못할 것 같아서요."

그녀의 말에 조선약의 표정이 굳었다. 그녀는 자신이 가장 아끼는 조천천에 대해 가내하가 안 좋은 소리를 하는 것으로 받아들였다.

"이유가 뭐죠?"

조선약의 목소리가 조금은 날카롭게 변하였다. 기분이 상한 것이다. 하지만 가내하는 조선약의 기분은 관심도 없다는 듯 말했다.

"얼마 전 세가맹과 구주성의 크게 싸운 일이 있었지요?"

"알고 있어요. 그때 풍운회도 세가맹을 돕기 위해 나갔으니까요."

"그때 저희도 따라갔었어요."

"그래서요?"

조선약의 목소리는 여전히 날카로웠고 차가웠다. 가내하가 말했다.

"구주성주는 모용 소저를 부인으로 얻기 위해 단신으로 모용세가에 왔었다고 해요. 물론 야밤에 월담을 한 것이지만 홀홀단신으로 적지인 모용세가에 들어와 모용 소저를 품에 안고 세가를 빠져나갔어요. 정말 대단한 사람이에요. 열정적이고 사랑을 위해서라면 목숨도 버릴 수 있는 그런 남자라고 생각해요."

"그것과 제 오라비가 무슨 상관이라 그러지요?"

"상관이 있어요. 그 당시 모용 소저를 품에 안은 구주성주는 제대로 힘을 낼 수가 없었는데 풍운회주는 그 기회를 놓치지 않고 구주성주를 죽이려 했지만 물론 품에 안은 모용 소저의 안위는 신경도 안 썼다고 해요. 모용 소저와 함께 구주성주를 죽이려 했으니까요. 모용세가주가 나서서 말리지 않았다면 분명 풍운회주는 그 둘을 죽였을 거예요. 한꺼번에 말이지요."

조선약은 이미 들어서 알고 있는 이야기를 꺼내자 기분이 더욱 나빴다. 하지만 쉽게 입을 열지는 않았다. 그 일에 대해서 여기저기 안 좋은 소리들이 나돌았기 때문이다. 하지만 좋은 소리도 많았다.

"풍운회주는 자신의 여동생이었다 해도 함께 죽였을 거라 말했어요. 그의 여동생은 조 소저잖아요? 아무렇지도 않아요?"

"저는 오라비의 선택을 믿고 따를 뿐이에요."

"그게 죽음이라도?"

"물론이에요."

조선약은 망설이지 않고 대답했다. 그녀의 확고한 대답과 눈빛에 가내하는 자신은 도저히 이해 못 할 남매라는 생각이 들었다. 그리고 문득 닮았다는 생각도 들었다.

가내하는 저도 모르게 슬쩍 미소를 보였다.

"두 분은 상당히 서로 아끼는군요. 미안해요. 조 소저의 오라비는 분명 좋은 사람일 거예요. 단지 제 신념과 다른 분이기에 그런 것이니 신경 쓰지 마세요."

가내하의 말에 조선약은 고개를 끄덕이다 입을 열었다.

"저라도 아마 상대가 구주성주였다면 그랬을지도 몰라요. 사파의 거두를 잡는 일에 제가 한몫했다면 그것 또한 영광이겠지요. 특히나 구주성주 같은 거물이라면 말이에요."

"상대가 사파라 그런 것이다."

가내하는 조선약의 말에 눈에 이채를 발했다. 조선약은 자신과 전혀 다른 생각을 가진 사람이라는 것을 알았기 때문이다.

"사파는 씨를 말려야 해요. 그들이 행하는 악행은 중원을 썩게 하고 있지요. 수많은 사람들이 사파 때문에 고통스러워하고 있어요. 그중 가장 큰 놈들이 귀문과 구주성이지요. 그들은 늘 중원을 고통스럽게 만드는 원인이 되었고 많은 사람들을 죽여 왔어요. 그런 그들의 우두머리를 잡는 일에 앞장선 것은 오히려 자랑스러운 일이라 생각해요."

"그래서 귀문의 분파나 그들에 협조했던 문파들을 모조리 잡아 죽였군요. 남녀노소 누구도 남기지 않고 말이에요."

조선약의 말에 가내하가 날카로운 목소리로 말했다. 조선약은 가내하가 문득 무림인이 아닐지도 모른다고 여겼다. 무림인이라면 당연히 무림의 생리를 잘 알고 있었기 때문이다.

"저보다 가 소저는 더 모르는 것 같군요."

"무엇을 말인가요?"

"무림(武林)."

조선약의 짧은 대답에 가내하는 살짝 아미를 찌푸리며 눈을 반짝였다. 조선약이 말하는 무림이 어떤 무림인지 문득 궁금해졌다. 조선약이 다시 말했다.

"무림은 잔인한 곳이에요. 만약 우리가 그들의 피붙이라도 남겨두었다면 그들은 분명 자라나 풍운회의 머리 위에 그림자를 드리우는 거목이 되어 있을지도 몰라요. 그런 위협을 애초에 막는 일은 당연한 것이에요. 상대가 적이라면 그 뿌리까지 말끔히 제거해야 해요."

"삭초제근이라……."

가내하는 그녀의 말을 가만히 중얼거렸다. 가내하는 문득 가만히 미소를 보이며 말했다.

"그렇다면 귀문도 없애야 하는데 그러지는 않았더군요."

"이미 귀문의 손과 발은 어느 정도 제거한 상태에요. 그런 상태에서 굳이 큰 피해를 입으면서 귀문을 치는 것은 아직 시기상조라 여긴 것뿐이에요. 어느 정도 결과를 얻었기 때문에 무리하지 않는 것이지요."

"결국 개미들만 죽었군."

가내하는 마음에 안 든다는 표정으로 말했다. 조선약은 그녀가 말하는 개미들이 중소방파를 말하는 것임을 잘 알고 있었다.

"어쩔 수 없는 일이에요. 큰 싸움에 호랑이가 죽는 경우는 거의 없으니까요. 그저 발밑을 기어 다니는 개미들만이 밟혀 죽을 뿐이지요. 그게 강호의 생리예요. 그것을 피하기 위해 강해지려 노력하는 것이 아닐까요?"

"그래서 마음에 안 드는 거예요."

"무엇이요?"

"풍운회가요."

가내하는 짧게 대답 후 입을 닫았다. 조선약은 그녀의 말에 다시 한 번 기분이 상한 듯 차가운 표정을 보였다.

"자! 자! 두 분 너무 열을 내는 것 같소. 강호의 얘기는 그만하고 이만 풍광이나 구경합시다."

양초랑이 두 사람의 미묘한 분위기에 끼어들었다. 하지만 둘은 양초랑의 말에 대답하지 않았다.

가내하가 문득 흘러가는 강물을 바라보며 말했다.

"뿌리 깊이 박혀 있는 정파와 사파의 원한은 쉽게 풀리지는 않겠군요."

가내하의 말에 조선약이 고개를 끄덕였다.

"평화는 없어요. 단지 사파에 더욱 뛰어난 무인이 탄생한다면 당연히 정파가 피바람에 휩싸일 것이고 정파의 성세가 강해지면 사파는 당연히 움츠러들지요. 그건 당연한 일이에요."

조선약은 낮은 목소리로 중얼거렸다.

"피곤하군요. 들어가볼게요. 저녁에 식사라도 같이해

요."

가내하는 말을 한 후 선실로 향했다. 그녀가 천천히 모습을 감추자 양초랑이 말했다.

"풍운회에 불만이 있는 모양이오?"

"아무래도 그런 것 같아요. 저희 풍운회가 조금 비협조적이었나 봐요."

"그럴 수도 있지."

양초랑은 조선약의 말을 그저 가볍게 넘겼다.

"어차피 백옥궁도 중원이라 볼 수 없는 문파니 너무 신경 쓰지 마시오."

"신경 쓰지 않아요."

조선약은 가볍게 미소를 보였다. 그녀가 조천천을 이해해 주기를 바랐지만 그건 자신이 할 말은 아닌 것 같았다. 입장의 차이란 것은 분명히 존재하기 때문이다.

"밖에 풍운회의 조소저와 강북삼도 중 한 명인 양 소협이 와 있어. 그러니 얼굴을 내밀지는 않는 게 좋을 것 같아. 혹시라도 모르니까 피하는 게 좋겠지. 삼 일 정도 같은 배를 타고 가지만 얼굴만 내밀지 않으면 만나는 일도 없을 거야."

방으로 들어온 가내하가 서영아에게 말하자 서영아는 고개를 끄덕였다. 그녀가 어떤 말을 하는지 잘 알기 때문이다.

"그러는 게 좋겠어요."

"양 형은 그래도 내가 친구로 생각하는 사람인데……
같은 배에 있었다는 사실을 알면 조금 서운해하겠군."

"그도 중원인이야."

가내하가 장권호에게 잘라 말했다. 장권호는 그런 가내
하의 말에 미소를 보였다. 알겠다는 뜻이었다.

"그런데 그들 두 사람을 제외하고 다른 사람은 없는 건
가요?"

"단둘이 나온 것은 사실로 보여."

서영아의 물음에 가내하가 확신한 듯 말했다. 서영아가
다시 말했다.

"장백파를 멸문한 세력 중 풍운회가 개입되어 있다는 것
도 아셔야 할 거예요."

가내하는 고개를 끄덕였다. 그녀는 이미 서영아와 장권
호의 입을 통해 장백파를 멸문시킨 흉수들 중 풍운회가
깊이 개입되어 있다는 사실을 들었다. 그렇기에 그들을 마
음에 들어 하지 않은 것이다.

제6장

안정을 찾다

개방을 이용해 장권호의 소재를 파악하려던 유영천은 며칠이 지나도 별다른 소득이 없다는 사실에 고민했다.

오늘도 서력은 아무런 단서를 찾지 못했다는 말을 남기고 돌아갔다. 벌써 오 일이 훌쩍 지난 상태였고 이 정도의 시간이 흐르는 동안 장권호를 찾지 못했다면 더 찾아 봐야 헛수고라 여겼다.

"시간을 낭비하는 것 같군."

유영천은 차를 마시며 중얼거렸다. 그 옆에 서 있던 향비가 고민스러운 표정으로 말했다.

"하늘로 솟은 것도 아니고 땅으로 꺼진 것도 아니라면 개방이 못 찾을 리가 없는데 이상하군요. 어디로 갔을까요?"

"글쎄……. 등잔 밑이 어둡다고 무이산에 있을지도 모르지."

"그럴 리는 없어요. 공천자가 어떤 사람인데 무이산을 수색하지 않았겠어요? 조력자라도 있는 게 아닐까요? 그렇지 않다면 이렇게 쉽게 사라질 리가 없잖아요. 하오문이나 개방의 눈을 피할 수 있게 도와주는 조력자가 있는 게 분명해요."

"참 대단한 조력자군. 천하의 하오문과 개방의 눈을 가릴 정도의 조력자가 세상에 존재는 한단 말이냐?"

"그건 저도 모르죠."

향비가 그것까지 모르겠다는 표정으로 고개를 저으며 의자에 기대었다. 문득 유영천의 머릿속을 스치는 얼굴이 있었다.

"……!"

유영천은 순간적으로 안색을 굳혔다.

"있었군."

"네?"

유영천의 알 수 없는 말에 향비가 고개를 돌리자 유영천은 눈을 반짝였다. 그러다 표정을 바꾸며 향비에게 미소를 던졌다.

"아무것도 아니다. 너는 먼저 삼도천으로 올라가거라.

나는 잠시 할 일이 있어 어디를 좀 다녀와야겠다."

"혼자서요? 그건 안 될 말이에요."

"아주 개인적인 일이니 너는 두말하지 말고 올라가거라. 이건 천주로서 내리는 명령이다."

유영천이 평소와 다르게 조금 강경하게 말하자, 향비는 그 말을 거역할 수 없다는 것을 깨닫고 고개를 끄덕였다.

"그렇게 하겠어요. 하지만 혼자 무이산에 가지는 않겠어요. 이곳에서 돌아오시길 기다릴게요."

향비의 말에 유영천은 할 수 없다는 듯 고개를 끄덕였다.

"그렇게 하거라. 며칠 뒤에 올 테니."

"예."

유영천은 검을 손에 쥐고 자리에서 일어나 그대로 밖으로 나갔다. 어차피 챙겨야 할 물품 따윈 애초에 없었고, 있다 해도 향비가 챙기기 때문에 신경 쓸 일도 없었다.

밖으로 나온 유영천은 주변의 시선을 의식하듯 방립을 쓴 후 천천히 항주성을 빠져나갔다.

'고려회⋯⋯ 잊고 있었어.'

유영천은 장백파에 있을 때 알게 된 고려회의 존재를 잊고 있었다는 사실을 떠올렸다. 그리고 그들과 만나려면 어디로 가야 하는지도 잘 알고 있었다.

　　　　*　　　*　　　*

　총총걸음으로 별원의 월동문을 지난 백의 여인은 옷처럼 하얀 피부와 인형 같은 외모를 가진 여인이었다. 날개가 달린 옷을 입고 있었다면 잠시 하계에 놀러온 선녀라 착각할 만큼 아름다웠다.

　그녀는 아름다웠고 움직이는 모습조차 어딘지 일반 사람과는 다른 기품이 있어 보였다. 하지만 눈을 보면 그런 생각을 잠시 잊을지도 모른다. 그녀의 눈동자는 한없이 깊고 차가웠기 때문이다.

　또한 항상 표정의 변화도 거의 없는 무표정이었고 닫힌 입술은 열리지 않았다. 그런데 웬일인지 그녀의 눈동자에 빛이 일렁이고 있었으며, 입술은 살짝 열린 채 희미한 미소까지 띠고 있었다.

　그녀가 방 안으로 들어서자, 바로 앞에 서 있는 장권호와 눈이 마주쳤다.

　"권호야."

　먼저 입을 연 것은 그녀였고 그녀는 다른 사람의 시선은 무시한 채 장권호를 품에 안았다. 그 행동은 신속했고 빨랐으며 너무 자연스러워 누구도 미처 말릴 생각조차 못하였다.

　"헉!"

장권호는 갑작스럽게 나타난 종미미를 보자 매우 놀라면서도 반가운 기분이 들었다. 하지만 그녀가 귀신처럼 다가와 끌어안자 속수무책으로 당할 수밖에 없었다.

너무 놀라 반사적으로 반항을 했지만 곧 그녀의 어깨에 얼굴을 묻은 장권호는 가만히 미소를 보이며 말했다.

"오랜만이군요."

장권호의 말에 종미미는 미소를 보인 채 가만히 고개를 끄덕였다. 따로 할 말이 없었기 때문이다.

서영아는 마치 허깨비처럼 아무런 기척도 없이 나타난 종미미의 모습에 매우 놀라고 있었다. 또한 그녀는 마치 오래된 연인을 만난 것처럼 아무런 거리낌도 없이 장권호를 품에 안자 저도 모르게 검의 손잡이를 잡았다. 순간적으로 무언가 울컥한 것이다.

하지만 쉽게 움직일 수가 없었다. 자신이 봐도 신기할 정도로 깨끗한 눈동자의 아름다운 여인이었기 때문이다. 그렇다고 이대로 장권호가 다른 여자의 품에 안겨 있는 모습을 볼 수는 없었다.

"저기."

저도 모르게 입을 열던 서영아는 어느새 가내하가 앞으로 나가자 입을 닫았다.

"뭐하는 짓이에요! 어서 떨어져요!"

"왜? 난 좋은데."

종미미가 싫다는 듯 고개를 저으며 말하자 가내하가 화난 표정으로 다가가 둘 사이에 몸을 비비며 들어가 갈라서게 했다. 장권호야 거의 힘없이 그냥 안겨 있던 거라 종미미가 힘을 빼서야 풀려날 수가 있었고 종미미는 서운한 표정으로 가내하를 바라보았다.

"이제는 대놓고 안는군요?"

가내하가 눈에 불을 밝히며 말하자 종미미는 장권호의 옆에 다가갔다. 그러자 그 앞을 가내하가 막았다.

"질투가 심하구나."

종미미가 그 모습에 살짝 눈을 반짝이며 말하자 가내하가 고개를 저으며 대답했다.

"권호는 지금 환자예요, 언니."

"……!"

종미미가 그 말에 매우 놀란 표정을 보였다. 그녀는 곧 가내하를 유령처럼 지나쳐 장권호의 맥을 잡더니 아미를 찌푸렸다. 평소와 달리 맥에서 느껴지는 힘이 현저히 낮다는 것에 상당히 놀라워했다.

"도대체 무슨 일이 있었던 거니? 어쩌다가 내상을 입었어?"

종미미는 상당히 걱정스러운 표정으로 말하며 장권호의 이마를 손으로 짚었다. 장권호는 그녀의 손길을 거부하지 않으며 말했다.

"많은 일이 있었어요. 앉으세요."

장권호의 말에 종미미는 고개를 끄덕이며 옆에 앉았다. 그러다 서영아와 눈이 마주치자 그녀는 그제야 그녀의 존재를 알았다는 듯 말했다.

"누구지?"

종미미는 서영아를 보자 경계의 눈빛을 던지며 물었다. 가내하가 대답했다.

"서영아라고 제 동생이에요. 권호의 목숨을 구해주었고 권호가 부상당했을 때 옆에서 간호를 해준 고마운 동생이에요."

"고마워요. 내하의 동생이라면 제 동생과도 같아요. 그러니 편히 지내요."

"네? 아 네."

종미미가 일어나 인사하자 서영아도 얼떨결에 인사했다. 종미미는 아주 짧은 순간 서영아의 모든 것을 파악하려는 듯 눈을 반짝였다.

"권호를 특별하게 생각하는 것 같은데 그런가요?"

급작스러운 종미미의 질문에 서영아는 저도 모르게 얼굴을 붉혔다. 그녀는 고개를 숙이며 대답을 피했다. 그런데 말을 한 사람은 서영아가 아니라 장권호였다.

"영아는 특별한 동생이에요. 중원에서 만난 인연 중 가장 특별하지요."

그의 말에 종미미의 눈이 다시 한 번 반짝였다. 무엇보다 장권호의 특별하다는 말에 상당히 신경이 쓰였다.

"권호를 지켜줘서 정말 고마워요."

"아니에요. 오라버니는 제게 산과 같은 분이세요. 제가 감히 지켜드릴 분이 아니세요. 저는 단지 옆에 있었을 뿐이에요."

그녀의 말에 종미미는 강한 경쟁자가 나타났다는 생각을 했다. 물론 그것은 여자로써의 직감이었고 장권호를 대하는 서영아의 눈빛만 본다면 바로 알 수 있는 일이기도 했다.

"언니는 권호만 있으면 말이 많아지네요."

가내하의 말에 종미미는 미소를 보이며 당연하다는 듯 고개를 끄덕였다. 종미미는 마치 가내하와 서영아에게 들으라는 듯 조용하지만 확실히 들을 수 있도록 말했다.

"내겐 권호뿐이니까."

그녀의 말에 가내하와 서영아의 표정이 굳었다. 종미미는 미소를 보이며 장권호의 손을 잡고 일어섰다. 종미미가 일끌자 장권호는 힘없이 일어서야 했다.

"내상을 입은 몸으로 이렇게 오래 앉아 있는 것은 좋지 않아. 방으로 들어가자. 전이대법으로 네 몸 상태를 확인해 봐야겠어."

"내상은 있지만 많이 나아졌어요. 그렇게 피곤하지도 않으니 무리해서 전이대법을 펼칠 필요는 없어요."

장권호의 말에 종미미는 고개를 저었다.

"걱정돼서 그래."

종미미가 투명한 눈동자로 가만히 쳐다보자 장권호는
차마 거절하지 못하고 고개를 끄덕였다.

"그렇게 해요."

장권호가 희미하게 미소를 보이며 말하자 종미미는 환
하게 웃으며 함께 밖으로 나갔다. 둘이 나가자 가내하가
고개를 저으며 의자에 앉았고 서영아가 궁금한 표정으로
물었다.

"언니신가요?"

"작은 언니지. 사저지만 밖에서는 작은 언니로 불러."

가내하가 투덜거리듯 말하며 짧은 숨을 내쉬었다. 그리
고 속이 답답한지 식어버린 차를 물처럼 마셨다. 서영아가
담담한 목소리로 다시 말했다.

"아름다운 분이군요."

서영아의 말에 가내하가 천천히 고개를 끄덕였다.

"맞아."

가내하는 다시 한 번 차를 따라 마신 후 이어 말했다.

"따라갈 수 없을 만큼 완벽하지…… 무공까지도……"

가내하는 마치 도저히 넘지 못할 것 같은 산을 바라만
보는 그런 마음으로 말했다.

서영아는 그런 그녀의 모습에 자신이 보이는 듯했다. 장권호와 잘 알고 친한 사이인 가내하를 처음 만났을 때 느낀 감정은 자신이 그들 속에 없다는 서운함이었다. 그런데 종미미를 만나자 그때와 또 다른 감정이 생겼다.

"오라버니와는 어떤 관계인가요?"

서영아는 종미미와 장권호가 마치 특별한 관계인 것처럼 보였기에 궁금했다. 가내하가 그 물음에 잠시 생각에 빠졌다.

"나도 자세히는 모르지만 어릴 때 종 언니와 권호가 함께 있는 것을 보았어. 평소 거의 말이 없던 종 언니가 상당히 즐거워 보이더라. 아마 종 언니에게 권호는 그때부터 이미 특별한 사람이지 않을까 하는 생각을 하고는 있었어."

"어릴 때라면 오래전이네요."

"오래전이지. 이렇게 말해도 잘 모르겠지?"

"네."

서영아가 솔직히 대답하자 가내하는 미소를 보였다.

"종 언니는 우리 백옥궁에서도 조금 특별한 분이셔. 아주 어릴 때 궁에 들어왔지만 사람들을 거의 안 만났다고 들었어. 나도 백옥궁에 들어와 궁주님의 제자가 되고 몇 년이 지난 후에야 언니의 존재를 알았으니까. 언니는 너무 어릴 때 궁에 들어와서 사내를 본 적이 없었고 남자의 존재 자체도 모르고 계셨다고 해. 그러니 권호가 언니에게 첫 남자인 거지."

"……!"

서영아가 첫 남자라는 말에 살짝 얼굴을 붉혔다.

"처음이면 합방을 한 사이란 말인가요?"

"설마!"

가내하가 서영아의 말에 놀라 저도 모르게 크게 외쳤다. 가내하는 마음을 진정시키고 고개를 저으며 다시 말했다.

"그건 아닐 거야. 그랬다면 궁주님이나 장로님들이 가만히 있지 않았을 테니까."

서영아는 조금 안심한 표정이었으나 걱정된다는 듯 말했다.

"그런데 두 분을 이대로 그냥 한 방에 두어도 되는 걸까요?"

"전이대법을 펼친다고 했으니 둘이 두는 게 낫지 않을까?"

"전이대법이라면 알몸으로 하는 거 아닌가요?"

"그렇지는 않아. 하지만 그럴지도 모르지!"

가내하가 혹시 모른다는 생각에 눈을 부릅뜨며 벌떡 일어나 밖으로 달려 나가자 그 뒤로 서영아가 따라 나갔다.

종미미를 다시 만난 순간 장권호는 자신도 모르게 기분

이 좋아지는 것을 느꼈다. 자주는 아니지만 그래도 고향을 떠올릴 때면 늘 생각하는 사람이 종미미였기 때문에 더욱 반가웠다.

종미미와 손을 잡고 걸으니 어릴 때 그녀와 함께 손을 잡고 걷던 기억이 떠올라 마치 소년이 된 기분이었다.

"전의 일은 어떻게 되었어요? 잘 해결되었나요?"

장권호가 생각난 듯 묻자 종미미가 고개를 끄덕였다. 종미미는 구주성과의 일을 떠올리며 말했다.

"백옥궁의 신물은 모두 회수했지만 두 분 숙모님은 그대로 두기로 했어. 비록 두 분의 무공은 회수하지 않았지만, 신물과 비급을 회수하고 본 궁의 무공을 다른 사람에게 가르치지 않겠다고 약속받았으니 해결된 셈이지."

"무공을 회수하라는 명령까지 받았나 봐요?"

장권호는 무공의 회수가 곧 그 무공을 사용하는 사람을 죽이는 일이란 사실을 잘 알고 있었다. 그렇기 때문에 조금 믿지 못하겠다는 표정으로 물었다. 종미미는 쓸쓸한 표정으로 고개를 끄덕이며 다시 말했다.

"처음에는 그렇게 명령을 받았지만 본 궁의 가족이었던 분을 죽일 수는 없었어. 그래서 약속을 받은 거고. 아마 지켜주실 거야."

"궁주님께서 선처를 해주신 모양이에요?"

"다행히도 해주셨지."

종미미는 미소를 보이다 장권호에게 물었다.

"권호는 어땠어? 원수는 찾았어?"

그녀의 물음에 장권호는 잠시 걸음을 멈추었다. 그러자 종미미도 걸음을 멈출 수밖에 없었다.

장권호는 차마 장검명이 삼도천의 천주고 무적명이라는 이야기를 할 수 없다고 생각했다. 장권호는 잠시 생각을 정리한 후 말했다.

"장백파를 그리 만든 것은 중원입니다."

종미미는 장권호의 말을 이해하지 못했다. 중원은 개체가 아니라 수많은 사람과 문파가 모여 이룬 큰 틀이었기 때문이다.

"중원이라니? 무슨 말인지 이해가 잘 안 되는구나."

"장백파를 그리 만든 것은 중원의 이기심이 아닐까 합니다. 문득 그런 생각이 들어서요."

뜻 모를 말에 종미미는 살짝 아미를 찌푸렸다. 그러자 장권호가 미소를 보이며 알겠다는 듯 다시 말했다.

"중원의 그 누구도 제게 무적명에 대해 제대로 알려주지 않았습니다. 저는 단순히 그 무적명이 원수라고 생각을 했는데 알고 보니 그것도 아닌 것 같아서요. 꽤 긴 시간 강호를 돌아다니고, 사람들을 만나고, 여러 가지 경험을 겪다 보니 알겠더군요. 중원이 곧 무적명이고 무적명이 곧 중원이란 것을 말입니다. 무적명은 그들의 자존심이자 절대로 패하지 않는 하늘이었습니다."

"조금은 이해가 되는 것 같아."

종미미가 장권호의 말에 미미하게 고개를 끄덕였다.

"무적명은 늘 있어 왔고 앞으로도 있을 겁니다. 제가 당대의 무적명을 이긴다 한들 무적명이 사라지는 것은 아니지요. 중원에 있어 무적명은 불패신화입니다. 설혹 제가 무적명의 불패신화를 멈춘다 하여도 그들은 무적명을 다시 만들 겁니다. 그리고 제가 이긴 무적명은 무적명이 아니겠지요. 그들은 분명 패배한 무적명을 감출 것이고 은폐할 것입니다. 그러니 결국 제 원수는 영원히 사라지지 않겠지요."

장권호의 말에 종미미는 굳은 표정을 보였다.

"네 원수는 중원 그 자체였구나?"

"네."

장권호는 쓸쓸한 표정으로 미소를 보였다. 종미미가 다시 말했다.

"그래서 장백파로 돌아가는 거니?"

"궁금했던 것을 알았으니 고향에 돌아가야지요. 그리운 사람들도 봐야 하고."

장권호의 말에 종미미는 가만히 그의 손을 강하게 잡았다. 장권호가 장백산으로 돌아간다고 결심한 이상 뭐라 할 생각은 없었다. 종미미는 장권호의 손을 끌며 말했다.

"가자. 내상은 치료해야지."

장권호는 대답 없이 종미미의 뒤를 따라 걸었다.

임아령이 태평장에 도착한 것은 해가 진 뒤였다. 그녀는
태평장주와 함께 일을 본 후 돌아와 장권호를 반겼다. 그
리고 함께 있는 서영아도 반겨주었다.

꽤 긴 시간 동안 나누었고 장권호가 서영아를 장백파로
데려간다는 것에 조금 놀라워했지만 막지는 않았다. 어차
피 장권호의 뜻이 장백파의 뜻이기 때문이다.

임아령은 무적명에 대한 이야기를 들은 뒤 고개를 끄덕
이며 말했다.

"우리에게도 비협조적이었던 이유가 그런 거였군."

"풍운회에서 우리를 그렇게 대한 것도 다 이유가 있었던
거지요."

임아령의 말에 가내하가 이해된다는 듯 말했다.

"장백파를 불태운 집단은 삼도천뿐 아니라 풍운회도
관여했을 것 같아요."

"혹시 중원으로 가는 길에 풍운회 사람들은 만난 적은
없어?"

가내하의 물음에 장권호는 문득 이석옥과 그녀의 일행
을 떠올렸다. 그들과 마주했던 기억이 떠오르자 장권호는
고개를 끄덕였다.

"풍운회 사람들을 만난 적은 있지만 그들은 다른 일로 만난 자들이지."

"누군데?"

"이석옥과 청룡당 삼단의 단원들이었어."

장권호의 말에 가내하가 다시 물었다.

"그들은 무슨 일로 온 건데?"

"그 당시에 악명을 떨치던 악도(惡刀) 막룡을 잡기 위해 올라왔다 하더군. 풍운회에서는 상당히 먼 거리였지."

"막룡은 네가 죽인 것으로 들었는데?"

"그래."

장권호는 고개를 끄덕였다. 중원으로 오기 전에 죽였기에 기억하고 있었다. 물론 그의 무공은 장권호의 입장에서 볼 때 그리 대단한 편은 아니었다. 하지만 막룡은 분명 일류였고 풍운회 고수들도 힘겨워했던 상대였다.

"풍운회 사람들이 그 멀리까지 올라온 이유가 그저 막룡 때문이라면 다행이겠지만 장백파를 멸하고 내려가는 길이었다면 좀 다를지도 모르지."

"너무 과한 상상이군."

장권호는 어이없다는 듯 말하자 가내하가 고개를 저었다.

"그럴지 모른다고 가정한 것뿐이야. 그러니 내 말이 사실이라고 생각할 필요는 없어."

"그들이 장백파를 멸하고 내려가는 사람으로는 보이지 않았어. 나를 속이는 것 같지도 않았고 또한 장백파 사람이란 것을 알았을 때도 그리 놀라지 않더군. 만약 장백파를 멸하고 내려가는 길이었다면 나를 만났을 때 도망치거나 뭔가를 숨기려 했겠지."

그 말을 듣고 가내하도 자신의 생각이 과했다고 느꼈다. 그때 가만히 듣고 있던 서영아가 궁금한 표정으로 입을 열었다.

"장백파가 멸문한 시기가 언제인가요?"

"일 년 전쯤, 왜 그러지?"

서영아는 이미 장백파의 멸문 사실과 그가 왜 장백산을 떠나 강호에 나왔는지 잘 알고 있었다. 하지만 그동안은 그 시기에 대해 미처 생각지 못했다.

"제가 귀문에 있을 때 주로 하는 일이 암살이었어요. 그리고 또 하나는 정보 수집이었죠. 가장 중점적으로 수집하는 대상이 풍운회였고요."

"귀문에 있었군."

임아령이 서영아의 말에 눈을 반짝였다. 귀문은 사파고 백옥궁은 정파로 불리는 문파였기 때문이다.

하지만 그녀를 싫어하거나 죽여야 한다는 생각은 하지 않았다. 그녀가 장권호의 사람이기 때문이다. 과거에 귀문이었지만 지금은 장권호의 사람이란 사실이 중요했다.

"신경 쓰지 말고 말해봐. 그래서 도움이 될 만한 거라도 있어?"

임아령의 물음에 서영아는 생각하는 표정으로 말했다.

"확실히 일 년 전쯤 풍운회에서 비밀스럽게 칠대장로가 모두 회를 빠져나간 일이 있어요. 근 한 달 동안 모습을 감추었는데, 그때 그들을 호위하기 위해 나간 게 소수의 청룡당 무사들이었어요. 그들은 풍운회를 나와 북상하였고 어떤 목적으로 어디로 가는지 조사하려 했지만 북경까지 따라가다 그만뒀어요."

"왜 그렇지? 네 은신술과 잠행술이라면 거의 들킬 일도 없을 텐데?"

서영아의 실력을 잘 아는 장권호가 묻자 서영아가 굳은 표정으로 말했다.

"풍운회의 칠대장로와 함께 북경에 있던 사람 때문이에요. 그자가 제 존재를 알아차릴 수 있는 인물이었지요."

"누군데?"

가내하가 묻자 서영아가 그자의 얼굴을 떠올리며 차갑게 답했다.

"적토대황 강규."

"……!"

강규의 이름에 모두의 표정이 굳었다. 천하를 떨게 하는 무인의 이름이었고 그가 무공을 펼치면 그 주변이 붉은 피로 인해 적토로 변한다 하여 붙여진 별호였다. 또한 패배를 모르는 무인이기도 했다.

"강규를 본 후 바로 보고를 했고 귀문에선 더 이상 관여하지 말고 복귀하라는 명령이 떨어졌어요."

"그 가운데 이석옥이란 사람도 있었어?"

가내하의 물음에 서영아는 생각하는 표정으로 그 당시에 보았던 사람들을 떠올렸다. 그러다 일행 중 단 한 명의 여자를 떠올렸다.

"누구인지 정확히 모르겠네요. 하지만 여자가 한 명 있었던 것은 맞아요. 하지만 그 여자가 이석옥이란 이름을 가졌는지는 모르겠네요. 하지만 그 여자를 사람들이 삼단주로 부른 것은 확실해요."

"……!"

서영아의 말에 장권호의 표정이 굳었고 가내하도 눈을 반짝였다. 임아령과 종미미도 이석옥의 얼굴을 떠올리며 안색을 굳혔다. 그녀와는 오랜 시간 함께 움직였기 때문에 적잖은 친분이 쌓인 사이였다.

장권호는 가볍게 미소를 보이며 말했다.

"장백파와 연관이 없을 수도 있는 일이니 과한 생각은 그만하기로 하지요. 피곤해서 그런지 졸립니다."

"그래. 오늘은 이만 일어나자꾸나."

임아령이 말을 한 후 일어나자 모두 자리에서 일어섰다.

그녀는 서영아를 향해 시선을 던지며 말했다.

"권호를 부탁하지. 밤에 권호 방으로 이 둘이 못 오게
해주게."

"예."

임아령은 서영아가 붉어진 얼굴로 대답하자 종미미와
가내하를 향해 시선을 던졌다.

"가자."

"저도 여기서 남으면 안 돼요?"

"안 돼."

종미미의 말을 임아령은 잘라버렸다. 들어줄 가치도 없
는 말이었기 때문이다.

"주무세요."

"쉬거라."

장권호의 인사에 임아령은 미소를 보인 후 밖으로 나갔
다. 그녀가 나가자 종미미와 가내하도 뒤따라나갔다.

서영아가 자리에서 일어나 침실로 들어가는 장권호를
바라보다 물었다.

"이대로 정말 장백산으로 돌아가실 건가요?"

서영아의 물음에 장권호는 잠시 걸음을 멈추고 고개를
끄덕였다.

"그래."

"저는 강호에 짐을 남겨두고 가는 것 같아 뭔가 허전하

232 무적명

네요."

"나는 그 짐을 버리고 싶구나……."

장권호는 짧은 한숨을 내쉰 후 방 안으로 들어가 불을 껐다. 서영아는 그의 침실 불이 꺼지자 곧 모든 불을 끈 후 조용히 의자에 앉아 눈을 감았다.

*   *   *

태평장에 머문 지 삼 일이 지난 후에야 배가 마련되었다. 장권호 일행은 새벽부터 장원을 나와 배가 머물고 있는 청주로 향했다.

반 시진 정도 거리에 있는 청주에 도착하자 바다 냄새와 오가는 많은 사람들을 볼 수 있었다. 부둣가에 내린 그들 은 배에 올라타기 위해 이동했다.

몇 걸음 옮기던 장권호는 얼마 떨어지지 않은 곳에서 뛰 어노는 아이들을 볼 수 있었다. 아이들은 큰 소리로 웃으 며 술래잡기를 하는 듯 장권호가 있는 쪽으로 달려왔다. 장권호는 소년들이 달려오자 그들이 지나갈 수 있게 옆 으로 비켜섰다. 그때 소년 중 한 명의 손이 장권호의 손과 아주 잠깐 마주쳤다.

"……!"

타다닥!

장권호의 표정이 굳었고 아이들은 여전히 크게 웃으며 멀어져갔다.

"왜 그래요?"

장권호가 멈춰 서 있자 서영아가 물었다. 장권호는 주먹을 쥐며 고개를 저었다.

"아무것도 아니야. 잠깐 볼일 좀 보고 오지."

"볼일이요? 저도 같이 가요."

서영아가 볼일이라는 말에 눈을 반짝이며 따라붙으려 하자 장권호는 허리춤을 잡으며 말했다.

"소피를 보려 가는 건데 같이 가려고?"

장권호의 말에 서영아가 재빨리 고개를 저었다.

"아니에요."

장권호는 가볍게 미소를 보이며 신형을 돌려 측간을 찾는 것처럼 걸음을 옮겼다.

바다가 보이는 언덕 위에 자리를 잡은 열빈루는 청주에서도 가장 유명한 주루로 산동까지 이름이 높았다.

열빈루 후원에 자리한 누각 위에 젊은 청년이 홀로 드넓은 바다를 바라보고 있었다. 누각에는 보기에도 먹음직스러운 해산물들이 한 상 가득 차려져 있었고 술병과 술잔 두 개가 놓여 있었다. 두 개의 술잔이 놓인 것으로 보아 아직 한 명이 도착하지 않은 듯 보였다.

바다 위에는 어선이 보였고 바닷가 주변으로 늘어선 많은 집들도 눈에 들어왔다.

저벅! 저벅!

다가오는 발소리는 조금 무거웠고 발소리 주인은 긴장한 듯 중간 중간 걸음을 멈추기도 했다. 그 소리에 바다를 바라보던 청년이 고개를 돌렸다. 보고 싶었던 얼굴이 천천히 다가오는 것이 눈에 들어왔다.

"와서 앉거라."

청년의 말에 장권호는 고개를 끄덕이며 자리에 앉았다. 장권호가 앉자 유영천도 기분 좋은 표정으로 그 앞에 앉았다. 장권호는 손 안에 쥔 종이를 보이며 말했다.

꼬마들이 종이를 건네주는 수법이 혀를 내두를 만큼 보통은 아니었다. 장권호는 그들에게 심부름을 시킨 당사자가 유영천이란 것이 의외라고 생각했다.

"꼬마들의 수법이 보통이 아니더군. 도둑들도 그 정도의 실력은 없을 것 같아."

"그랬나? 많은 돈을 준만큼 잘하는 놈들로 골랐겠지."

"이렇게 은밀하게 소식을 전해주는 놈들은 어떤 놈들이야?"

"친한 사람에게 소개받은 일꾼들이야. 너무 신경 쓰지 않아도 돼. 어차피 강호에는 수많은 사람들이 있으니까."

유영천은 미소를 보이며 술잔에 술을 따랐다. 장권호는

그의 말에 고개를 끄덕였다.

"생각보다 어렵게 만났군. 너를 찾는 데 꽤 고생했지. 천하의 개방도, 하오문도 찾을 수 없다고 하더군."

유영천의 말에 장권호는 생각처럼 하오문과 개방이 움직이고 있다는 사실을 알았다. 자신의 소재를 파악하기 위해 움직인다는 것이 재미있다는 생각도 들었다.

"개방과 하오문이 나 같은 사람을 찾기 위해 움직이다니 대단하군. 그런데 어떻게 찾았지? 그들도 모른다고 하는데 말이야?"

"고려회."

유영천의 말에 장권호는 조금 놀란 표정을 보였다. 그러다 자신도 알고 있는데 유영천이 모를 리 없다는 생각도 했다. 유영천이 이어 말했다.

"생각해보니까 고려회를 잊고 있었어. 예전부터 중원에서 살아온 그들은 상당히 조직적인 움직임을 가지고 있지. 물론 눈에 띄는 일을 하거나 문제가 되는 행동을 한 조직이 아니라서 사람들은 있는지조차 모르지만 말이야."

"대충 들었어. 나도 그들 때문에 편하게 여행을 즐길 수가 있었지. 고마운 사람들이야."

"좋은 사람들이지."

유영천도 장권호의 말에 고려회의 사람들을 생각하며 미소를 보였다.

"고려회는 꽤 오랫동안 그 조직을 유지해왔어. 예전에는 신라 사람들이 신라회를 조직해서 공동으로 어려움을 극복했었지. 지금은 고려회로 바뀌었지만 말이야. 끈끈한 조직이다 보니 자신의 목숨만큼 서로 아껴주기 때문에 하오문보다 더욱 만나기 어려운 조직이야. 나도 고려회의 회주가 누구인지 모르니까. 또 하나의 특징이 있다면 다들 잘산다는 거다. 상당한 부를 축적한 조직이기 때문에 고려회 사람들은 모두 잘사는 편이지. 마을의 유지이거나 부호들도 많아."

"그렇군."

"그렇기 때문에 너를 이곳까지 데려오는 데 큰 문제가 없었을 거다."

"확실히 편하게 왔지."

장권호는 고개를 끄덕였다. 유영천이 품에서 작은 함을 꺼내 장권호의 앞에 내밀었다.

"죽은 의선이 만든 구명단(求命團)이다. 열 알밖에 안 돼는데 그중 두 알을 나에게 주었지. 네가 한 알 먹고 운기했으면 한다."

말만 들어도 귀한 환약이란 것을 느낄 수가 있었다. 장권호는 잠시 함을 바라보다 곧 그 함을 유영천에게 밀었다.

"내상은 다 나았어."

"나았다고? 내 위력이 약해졌나? 생각보다 빨리 회복했군."

유영천이 미소를 보이며 말하자 장권호가 왼 어깨를 만지며 말했다.

"손이 약해진 게 아니라 내 회복력이 강한 거지. 다행히 백옥궁의 사람들을 만나 더 빨리 회복했지."

"종미미를 만난 모양이군? 네 내상을 단기간에 회복시킬 수 있는 내력을 지닌 사람은 백옥궁에서도 그녀밖에 없으니까."

"사형은 여전히 모르는 게 없어."

장권호는 선선히 인정했다. 장권호가 다시 말했다.

"그런데 왜 보자고 한 거지? 우리가 다시 봐야 할 이유가 있어?"

"오해를 풀고 싶었으니까. 나는 장백파가 그리된 줄도 몰랐고 그 일과는 아무런 연관이 없다."

장권호는 유영천의 말에 굳은 표정을 보였다. 쉽게 믿기 어려운 말이었기 때문이다. 하지만 유영천은 거짓말을 모르는 사내였고 자신도 마음속으로는 아직 그를 믿었다.

"사형이 몰랐다면 모르는 일이겠지."

"원망하나?"

장권호의 무미건조한 대답에 유영천이 물었다.

"무엇을?"

"내가 산을 떠난 것."

"아니. 사형은 늘 떠나고 싶어 했으니까. 강호를 그리워 했고 또 가고 싶어 했지."

장권호의 말에 유영천은 조금 쓸쓸한 표정으로 고개를 끄덕였다. 그는 자신의 술잔에 술을 따랐다.

또르륵!

술이 맑은 소리를 울리며 술잔을 채웠고 짙은 주향이 주변에 퍼져나갔다. 장내에 조용한 침묵이 맴돌았고 유영천은 술잔을 들어 한 모금 마신 뒤 짧은 숨을 내쉬었다. 마치 입을 열기 너무 어렵다는 듯 그의 표정은 굳어 있었고 술맛 때문에 그런지 살짝 미간도 찌푸렸다.

탁!

술잔을 내려놓은 유영천은 자리에서 일어나 저 멀리 끝이 보이지 않는 바다를 바라보았다. 그 모습에 장권호가 말했다.

"할 말 없으면 가볼게. 다들 기다리겠어."

"권호야."

장권호는 유영천이 자신의 이름을 부르자 그의 등을 바라보았다. 유영천이 깊은 한숨을 내쉬며 입을 열었다.

"어릴 때 내 아버지는 꽤나 이름 있는 무인이셨지."

유영천이 아버지 이야기를 꺼내자 장권호는 눈을 빛냈다. 지금까지 그와 오랜 시간 함께 생활해왔지만, 아직까지 그의 과거나 그의 가족에 대한 이야기는 들어본 적이 없었기 때문이다.

"강호에 이름을 날리셨던 분이셨지만 최고가 될 수는 없었어. 하지만 늘 최고가 되기를 갈망하셨지. 늘 말이야."

유영천은 가볍게 미소를 지으며 장권호를 돌아보았다.

"최고가 되고 싶어 하는 사람은 많아. 이 세상 모든 무인들이 최고가 되기 위해 끊임없이 노력하지. 우리 아버지도 그중 한 분이셨다."

장권호는 술을 마셨다. 술을 마시면 유영천의 이야기가 더 즐겁게 들릴 것 같았기 때문이다. 유영천은 술을 마시는 장권호의 모습에 다시 한 번 미소를 보인 후 난간에 기대어 바다를 바라보았다.

"하지만 아무리 노력해도 결국 아버지는 최고가 될 수 없었어. 아버지는 결국 주화입마에 빠져 돌아가셨지. 나는 그런 아버지를 안타깝게 생각했고 원망했다. 무공만 수련했던 아버지 덕에 가정은 화목하지 못했고, 어머니가 병으로 누웠을 때 아버지는 얼굴도 내비치지 않았지. 난 그런 아버지가 싫었다. 최고가 무엇이기에 죽어가는 어머니를 돌보지도 않는 것인지 이해할 수 없었어. 하지만 어머니는 아버지를 원망하지 않으셨지. 우습게도 말이야. 그게 사랑이란 것을 나중에야 알았지만 그때는 아버지를 많이 원망했고 어머니가 바보처럼 보였다."

또르륵!

장권호는 말없이 다시 한 번 자신의 술잔에 술을 따랐다. 유영천이 이어 말했다.

"주화입마에 빠진 아버지는 내게 무공을 가르쳐주었다. 반신불수가 되어 움직이기도 힘들었던 아버지였는데, 마지막 소원이라며 내게 무공을 가르쳐주었지. 하지만 얼마 못가 돌아가셨다. 그리고 나는 그때부터 혼자 무공을 수련했지. 무공에 미친 아버지를 원망했지만 딱히 그것밖에 할 게 없었다. 다행히 소질이 있었는지 내겐 무공이 쉽더구나."

장권호는 그 말에 미소를 보였다. 유영천은 자신이 봐도 천부적인 소질이 있는 천재였기 때문이다.

유영천은 다시 말했다.

"무적명을 알게 된 것은 아버지가 돌아가시고 일 년 정도 지난 후였다. 무적명…… 아버지가 계승하려 했지만 계승하지 못한 이름이었다. 그 이름을 내가 계승하길 바라는 사람들이 있었고 그게 삼도천이다."

"재밌군."

장권호는 고개를 끄덕였다.

"알고 보니 우리 아버지나 할아버지는 모두 무적명의 후예였고, 내가 배우고 익힌 무공이 무적명의 무공이라 하더구나. 그래서 나는 그 이름을 계승하려 했다. 아버지가 이루지 못한 그 이름을 말이다. 하지만 아무리 뛰어난 무공이라도 혼자서는 익힐 수가 없더구나. 그래서 천하에서 가장 강한 사람을 스승으로 모시기 위해 장백산에 스스로 찾아간 것이다."

유영천의 말에 장권호의 표정이 굳었다. 유영천은 장권호의 표정이 굳어 있자 그의 앞에 다가와 술잔을 들어 술을 마신 뒤 다시 말했다.

"나의 할아버지는 무적명이란 이름을 가지고 계셨지만 아쉽게도 무적(無敵)이 아니셨다. 두 번이나 패배하셨지. 그것도 같은 사람에게 말이야."

"스승님?"

"그래."

유영천은 장권호의 물음에 고개를 끄덕였다. 장권호는 자신의 스승인 조명도의 모습을 떠올렸다.

"스승님은 할아버지를 두 번이나 이기셨지. 중원에서 천하제일이라 불리는 할아버님을 두 번이나 이긴 스승님은 실로 두려움의 대상이었다. 물론 이 일은 사람들이 모르는 일이고 영원히 비밀로 남을 이야기다."

"자존심이 많이 상했겠어."

장권호의 말에 유영천은 미소를 보였다.

"그랬지. 그래서 장백파의 무공을 익히고 싶었다. 도대체 어떤 무공이기에 무적명의 이름을 넘을 수 있는 것인지 알고 싶었기 때문이다."

"뜻을 이루었군."

장권호가 굳은 목소리로 말하자 유영천은 선선히 고개를 끄덕였다.

"어느 정도는 이루었다고 봐야지."

"뜻을 이루었으니 고향으로 간 것이고."

"내가 있을 곳은 중원이니까."

유영천의 말에 장권호는 다시 한 번 술을 마셨다.

"나를 기다리는 많은 사람들에게 돌아간 것뿐이다. 중원은 내가 필요했고 난 내가 있을 자리로 돌아간 것이지."

"배신감이란 게 이런 느낌인 모양이야."

"배신이라고 생각하지 말거라. 나는 스승님을 사랑했고 너나 둘째도 사랑했으니까. 화가 난 모양이군."

장권호의 표정이 좋지 않자 유영천이 말했다. 장권호는 깊은 숨을 내쉬며 자리에서 일어섰다.

"무공을 얻기 위해 장백파에 들어왔다는 것에 조금 실망했을 뿐이야."

"네가 알아주길 바랐다. 그리고 장백파의 일은 나도 조사를 하는 중이다. 천주의 자리에 있지만 내 눈과 귀를 누군가 막은 모양이다."

"사형이 이유가 있어서 장백파에 들어왔다는 것은 들었으니까 잘 알겠어. 하지만 둘째 사형이 죽은 것과 장백파가 불에 탄 사실은 변함없어."

"아까도 말했지만 그 일은 나도 모르는 일이다."

"내가 말하고자 하는 건 중원이 그랬다는 사실이야. 사형이 모른다고 해결될 문제도 아니지."

"그렇다면 그 문제를 해결할 때까지 돌아갈 필요도 없지 않나? 이곳에서 해결하는 게 낫지 않겠어?"

유영천은 장권호가 돌아가는 것을 원하지 않는 듯 머물기를 바라는 표정으로 말했다. 그 말에 장권호는 고개를 저었다.

"지금은 돌아가는 게 좋겠어. 내 실력으로 사형을 이기지 못하니까."

장권호의 말에 유영천은 가볍게 미소를 보였다.

"기어이 나를 이기려 드는구나."

"물론 이겨야지."

"어려울 거다."

유영천의 말에 장권호도 인정한다는 표정으로 고개를 끄덕였다.

"지금은 분명 내가 한 수 밀리지만 조만간 바뀌겠지. 사형이 장백파에서 무공을 배웠듯이 나도 중원에서 무공을 많이 배웠으니까."

장권호의 말에 유영천은 눈을 반짝였다.

"이만 가볼게. 오래 있으면 나를 찾을 테니 말이야."

장권호의 말에 유영천은 할 말을 다 한 듯 고개를 끄덕였다. 할 말을 다 했기에 기분도 풀린 듯 표정은 좋아 보였다.

"그래. 그렇게 하거라."

"솔직히 다시 봐서 좋았어."

장권호가 솔직한 표정으로 미소를 보이자 유영천은 담담히 손을 저었다.

"그만 가거라. 지금 안 가면 붙잡을지도 모르겠구나."

유영천의 말에 장권호는 천천히 밖으로 나갔다. 그러다 생각난 듯 신형을 멈추고 유영천에게 말했다.

"다음에 올 땐 무적명이란 이름을 내가 가져가겠어."

장권호의 말에 유영천은 눈을 반짝이며 술잔을 들었다.

"실망시키지 말거라."

"그러지."

장권호는 고개를 끄덕이며 천천히 밖으로 나갔다. 그 모습을 유영천은 가만히 지켜보았다.

몇 개의 문을 지난 장권호는 잠시 걸음을 멈추었다.

"그만 가자."

장권호의 말에 유령처럼 서영아가 모습을 보였다. 서영아는 상당히 긴장한 표정으로 옆에 서서 장권호와 보폭을 같이했다.

"내가 걱정되었던 모양이군?"

"그냥 혹시나 하고 따라온 것뿐이에요. 죄송해요."

"아니야. 다른 사람에게 사형을 만난 일을 말하지 말거라."

"예. 그렇게 할게요. 그런데 이렇게 늦은 이유를 뭐라 설명 하지요?"

"그냥 길을 잃어 헤맸다고 하면 돼."

장권호가 가볍게 미소를 보이자 서영아도 마주 웃었다. 단순한 이유였기 때문이다.

장권호가 멀어지는 모습을 바라보던 유영천은 다시 바다로 시선을 돌렸다. 잔잔한 파도가 눈에 들어오자 유영천은 저도 모르게 중얼거렸다.

"잔잔한 중원 바다를 뒤집을 수 있는 폭풍이 되길 바라마."

장권호는 길을 잃었다는 구차한 변명을 하고 일행들의 원성을 들으며 갑판에 섰다. 얼마 지나지 않아 배가 부두를 떠났고 점점 중원의 거대한 대륙과 멀어졌다.

"꽤 긴 시간 동안 집을 나갔다가 돌아가는 기분이군."

장권호의 말에 옆에 서 있던 가내하가 웃음을 보였다.

"무단가출했다가 돌아가는 기분?"

"뭐 그렇지."

장권호가 낮게 웃자 가내하는 그의 어깨를 잡으며 말했

다.

"무사히 돌아갈 수 있어서 기뻐."

가내하의 웃음기 섞인 말에 장권호가 말했다.

"돌아가는 것은 기쁘지만 중원도 나쁜 곳은 아니더군. 다시 가고 싶을 거야."

"다시 갈 때는 나도 따라갈게."

"그래."

장권호는 선선히 고개를 끄덕였다.

제7장
돌아오다

　장백파로 가는 길은 멀었지만 집으로 돌아가는 길이었기에 그 먼 길도 가깝게만 느껴졌다.

　그리고 마침내 도착한 장백파의 모습은 장권호가 기억하던 것과 달랐다. 불에 타 폐허를 방불케 하던 장백파 대신 많은 일꾼과 사람이 돌아다니며 수리되고 있는 장백파의 정문이 보였다.

　"후후……."

　자신도 모르게 절로 미소를 보인 장권호는 장백파가 공사 중인 사실에 놀랐다. 그는 입을 벌린 채 새롭게 지어지는 건물의 모습을 신기하게만 바라보고 있었다.

　"다 온 거죠?"

"다 왔다."

장권호의 대답에 서영아는 신기한 기분이 드는 듯 가슴을 잠시 부여잡고는 심호흡을 했다. 그리고 장권호의 뒤를 따라 정문을 들어가려던 그녀는 잠시 망설이다 한 발 안으로 들어섰다. 그제야 그녀는 자신이 이제 장백파와 인연을 맺었다는 사실을 깨달았다.

그리 크지 않지만 넉넉해 보이는 연무장과 주변을 둘러싼 대전의 모습을 보며 서영아는 따뜻함을 느꼈다.

"사형?"

막 안에서 나오던 유송희와 눈이 마주친 장권호는 반가운 미소를 입가에 걸었다.

"그래, 송희야. 나다."

"사형!"

유송희가 장권호가 팔을 벌리자 반가운 표정으로 달려와 안겼다. 그 뒤로 대전에서 걸어 나오던 정영과 눈이 마주쳤다.

"왔구나."

정영은 장권호를 웃으며 반겼고 장권호는 유송희를 품에서 떼어놓고 정영에게 다가갔다.

"다치지 않아 다행이다."

정영은 말과 함께 장권호에게 다가와 안았다. 잠시 말없이 서로 안고 있던 둘은 유송희가 그들을 빤히 쳐다보자 민망한지 겸연쩍어 하며 떨어졌다.

어느새 공사가 멈췄고 인부들과 장백파의 살아남은 식솔들이 다가왔다. 그들은 장권호의 주변으로 모여들어 반갑게 인사를 나누었고 연무장엔 한참 동안 시끄러운 웃음소리가 울려 퍼졌다.

장백파의 문주가 기거하는 백산원은 예전 모습 그대로 꾸며져 있었다. 다른 건물들은 아직도 공사 중이었고 완성된 곳은 백산원과 몇 개의 별원, 조사당뿐이었다.

장권호는 조사당에서 절을 한 후 백산원에 들어왔고 안에선 정영과 유송희가 기다리고 있었다.

서영아는 낮에 인사를 한 후였기에 유송희와 정영도 그녀를 가족처럼 대해주었다.

의자에 앉은 장권호의 뒤로 서영아가 서 있었다. 그녀는 여전히 함께 자리에 앉는 게 어색해 보였다.

"서 있지 말고 앉으세요."

유송희의 말에 서영아는 조심스럽게 의자에 앉았다.

"새벽에 스승님께 가볼 테니 그렇게 알고 있어."

"네. 알겠어요. 그것보다 사형이 돌아오셨으니 이제 정식으로 장백파의 장문인이 되셔야죠?"

"그동안 유 사매 혼자 장백파를 일으켜 세우느라 고생이 많았다. 그러니 이제 네가 그 짐을 받아야지."

정영이 유송희를 거들어 말하자 장권호는 미미하게 고개를 끄덕였다. 유송희나 정영은 당연하게 장권호가 장문인이 될 거라 생각했다. 장백파에서 이제 남은 정식제자는 몇 없었으며 그중 장권호가 가장 항렬이 높았다.

"장문인이라…… 이거 돌아오자마자 무거운 짐을 주려하는군."

장권호의 말에 유송희가 웃으며 다시 말했다.

"사형이 돌아오길 손꼽아 기다렸어요."

"장문인을 넘기려고?"

"네."

유송희가 당연하다는 듯 대답하자 장권호는 미소를 보이며 시선을 정영에게 던졌다.

"그런데 너는 대정문은 어쩌고 장백파에 와 있는 것이냐?"

"유 사매를 혼자 두는 게 너무 불안해서 왔지. 혼자 장백파를 다시 세우겠다고 하는데 어디 그게 쉬운 일인가? 그래서 앞뒤 안 가리고 왔지."

"속보이는 놈."

장권호의 말에 정영은 순간적으로 얼굴을 붉혔다. 그는 유송희를 좋아하고 있었기 때문이다.

"중원에 간 일은 어떻게 되었어? 원한은 풀었나?"

화제를 바꾸려는 듯 정영이 묻자 장권호는 고개를 저었

다.

"그렇지 않아."

장권호의 말에 유송희의 표정이 굳었다. 뜻을 이루지 못했다고 생각했기 때문이다.

"풀면 푼 것이고 아니면 또 아닌 게 되나? 재미있군."

장권호의 아리송한 말에 정영은 미간을 찌푸렸다. 그의 말을 이해하지 못했기 때문이다.

장권호는 자신이 겪은 일에 대해 솔직하게 다 말을 할 필요가 없다고 생각했다. 특히 유송희에게 장검명의 일은 그저 걱정과 근심만 늘리는 소식이 될 거라 생각했다.

"귀문주와 비무를 했다는 소식은 들었어. 그 뒤로는 별소식이 없더군."

정영의 말에 장권호는 눈을 반짝였다.

"그 소문이 이곳까지 온 모양이군?"

"당연히 여기에도 온다네. 물론 시간은 걸리지만."

"이렇게 보면 세상이 좁기는 좁아."

"여기뿐만 아니라 고려에도 네 명성이 알려졌을걸?"

정영의 말에 장권호는 귀문주를 떠올렸다. 그는 고수였고 강한 상대였다. 다행히 자신이 이겼지만 그의 모습은 잊지 못할 것이다.

"강호는 어떤가요? 좋은 곳인가요?"

유송희가 궁금한 표정으로 묻자 장권호는 고개를 끄덕

였다.

"갈 만한 곳이지. 하지만 깊이 알면 다치는 곳이기도 하다. 강호에 대해선 나보다 영아가 더 잘 알거야. 강호의 어둠을 나보다 더 잘 알 테니."

서영아에게 시선을 던지며 장권호가 말하자 서영아는 유송희의 시선에 손을 저었다.

"강호는 그냥 강호예요. 그냥 사람 사는 곳이죠."

"하하하!"

서영아의 모습에 장권호는 기분 좋은 표정으로 웃었다. 정영이 다시 말했다.

"강호도 사람 사는 곳이니 여기와 다를 게 어디 있겠어? 다 똑같지. 그것보다 자꾸 말을 돌리는데 장문인 자리를 받아야지? 이제 장백파에 장문인 자리를 이을 사람은 너밖에 없다."

정영의 말에 장권호는 고민하는 얼굴로 말했다.

"그 일은 쉽게 결정할 일이 아니야. 내일 스승님과 상의를 해보고 말하지."

"사조님은 허락을 했네."

"네, 그래요. 스승님도 사형이 장문인이 된다는 것에 반대하지 않으셨어요."

정영과 유송희가 이미 이야기를 모두 끝냈다는 표정으로 말하자 장권호는 고개를 저었다.

"다시 말하지만 스승님과 이야기를 나눠보고 결정하지. 스승님이 하라면 당연히 해야겠지만 나보다 더 적임자가 있을 거야."

"사형을 제외하고 장백파를 지켜줄 사람은 세상 어디에도 없어요. 이제 두 번 다시 이 같은 일을 겪고 싶지 않아요."

유송희가 강경한 어조로 말하자 장권호는 그녀의 마음을 이해한 듯 깊은 숨을 내쉬었다.

"오늘은 여기까지 하고 밤이 늦었으니 다음 이야기는 내일 하도록 하자."

장권호가 일어서자 모두 자리에서 일어섰다.

"사형은 여기서 주무세요."

"여기서?"

장문인이 지내는 방에서 자라는 유송희의 말에 장권호는 잠시 망설였으나 곧 고개를 끄덕였다.

"그렇게 하마."

"그럼 새벽에 뵐게요. 서 소저는 저를 따라오세요."

유송희는 서영아를 그녀의 방을 안내하기 위해 함께 움직였다. 서영아는 장권호에게 인사를 한 후 유송희와 함께 백산원을 나갔다. 정영까지 그녀들과 함께 밖으로 나가자 장권호는 태사의에 기대앉았다.

완공된 지 얼마 안 된 건물이었기에 나무 냄새가 느껴졌다. 단출한 실내의 전경이 눈 안에 들어왔다.

"사형⋯⋯."

장권호는 죽은 둘째 사형의 얼굴을 떠올렸다. 눈을 감지 못했던 사형의 모습은 아직도 기억에 선명하게 남아 있었다. 그 억울함을 장권호는 기억하고 있었다. 아직 사형이 눈을 감지 못하고 있을 거라 생각하자 주먹을 움켜쥘 수밖에 없었다.

"빈손으로 돌아와서 죄송합니다."

장권호는 낮은 목소리로 중얼거리며 눈을 감았다. 의자에 앉은 채 잠을 청한 것이다.

다음 날 새벽, 눈을 뜬 장권호는 자신의 몸에 담요가 덮여 있자 크게 놀랐다. 오랜만에 집에 돌아왔기에 긴장이 풀렸다. 그래서일까? 간밤에 누가 들어온 사실도 알아채지 못하고 깊이 잠들었던 모양이다.

장권호는 가볍게 미소를 보이며 고개를 돌려 불청객을 찾았다. 탁자 옆에 서영아가 몸을 기댄 채 자고 있었고 장권호는 안도한 표정으로 잠시 서영아의 잠든 모습을 바라보았다.

이곳에서 자신이 눈치채지 못할 정도로 은밀하게 들어와 움직일 수 있는 사람은 서영아뿐이었다. 그 사실에 장권호는 그녀가 적이 아니라는 것에 안심했고 또한 든든하다는 생각도 들었다.

스륵!

자리에서 일어선 장권호는 담요를 서영아의 몸에 덮어주
었다. 인기척에 눈을 뜬 서영아는 장권호가 쳐다보자 살짝
얼굴을 붉혔다. 자신이 장권호의 방에 허락도 없이 안에
들어온 사실을 들켰기 때문이다.

"좀 더 자."

"아니에요. 저도 일어날게요."

서영아가 고개를 저으며 자리에서 일어나 담요를 갰다.
그 사이 장권호는 세수를 하기 위해 밖으로 나갔고 서영
아가 장권호를 쫓았다.

우물가에 도착한 장권호는 물을 퍼 올려 세수를 했고
그 옆에서 서영아도 함께 세수를 했다.

"산에 갈 건데 같이 갈까?"

장권호가 수건으로 얼굴을 닦으며 묻자 서영아는 얼른
대답했다.

"네. 같이 갈게요."

"계속 따라다닐 생각이지?"

"네."

서영아는 당연하다는 듯 고개를 끄덕였다. 그녀의 모습
에 장권호는 고개를 저으며 어쩔 수 없다는 듯 미소를 보
였다.

"혼자 가는 것보다 낫겠지. 심심하지도 않을 테고 말이

야."

서영아는 그 말에 기분이 좋은 듯 빙그레 미소를 보였다. 그때 발소리와 함께 유송희가 모습을 보였다. 그녀는 장권호와 서영아보다 더 일찍 일어난 듯 화사한 모습으로 나타났다.

"일어나 보니 서 소저가 없어서 걱정했는데 역시 이곳에 있었군요."

"오라버니가 걱정돼서……."

서영아가 어색한 변명을 하자 유송희는 가볍게 웃으며 다시 말했다.

"잠은 잘 잤어요? 불편하지 않나 모르겠네요."

"오랜만에 푹 잔 것 같다."

장권호의 말에 유송희는 다시 말했다.

"잘 되었네요. 산에 올라간다고 해서 일부러 일찍 식사 준비를 했어요. 얼른 오세요."

유송희의 말에 장권호는 아직 해가 뜨려면 시간이 남았다는 사실에 그녀가 여전히 부지런하다고 생각했다.

"오랜만에 송희가 한 밥을 먹어볼까?"

장권호는 정말 기분 좋은 표정으로 빠르게 걸었다.

*　　　　*　　　　*

산을 오르는 동안 서영아는 장백산의 깊고 높음에 몇 번이고 감탄했다. 무엇보다 중원의 산들과는 뭔가 다른 기운이 느껴지는 듯해 마치 다른 세상에 온 기분을 받았다.

쏴아아아!

떨어지는 폭포의 장엄한 모습에 잠시 걸음을 멈춘 서영아는 앞서 걷던 장권호를 불렀다.

"여기에서 잠시 쉬었다 가요."

그녀의 말에 장권호는 걸음을 멈추었다. 장권호는 서영아가 폭포의 모습을 넋을 잃고 바라보자 웃으며 말했다.

"웅녀폭포라고 하는데 수심이 깊고 가끔 곰이 나타나는 곳이야."

"이름이 재미있네요."

서영아는 폭포와 함께 어우러진 깊은 웅덩이와 주변의 시원한 바람에 기분이 좋은 듯했다. 그 모습에 장권호가 다시 말했다.

"여기서 쉬고 있어."

"가시게요?"

"요 앞이야. 금방 올 테니 여기서 기다리고 있어."

"알겠어요. 기다리고 있을 테니 빨리 오세요."

"그래."

서영아는 폭포 주변에 있는 암석 위로 올라가 앉으며

가만히 주변 풍광을 둘러보기 시작했다. 그 모습이 어린아이 같아 장권호는 문득 유송희가 생각났다. 그는 고개를 저으며 천천히 걸음을 옮겼다.

천연으로 이루어진 백석동(白石洞)의 입구에 발을 들여놓자 고요한 숨소리가 귓가를 맴돌았다.

"권호로구나."

안에서 들리는 반가운 목소리는 단번에 장권호가 동굴 입구에 있다는 것을 알아맞혔다.

"제자 돌아왔습니다."

장권호가 안으로 들어서며 말을 했고 곧 백발이 성성한 조명도의 모습이 눈에 들어왔다. 장권호는 그 앞에 절을 한 후 앉았다.

"표정을 보아하니 심통이 난 모양이구나."

"그렇습니다."

장권호는 조명도의 말을 부정하지 않았다. 조명도는 수염을 쓰다듬으며 가볍게 미소를 보였다.

"내가 눈 감기 전에는 안 돌아올 줄 알았다."

"눈 감기 전에 와서 다행입니다."

장권호의 말에 조명도는 웃으며 고개를 끄덕였다. 조명도는 곧 다시 말했다.

"심통이 난 모습을 보니 갔던 일이 잘 안 된 모양이구나?"

"네."

장권호는 선선히 고개를 끄덕이며 대답했다.

"표정을 보아하니 누군가에게 패배한 모양이구나. 그렇지 않으면 그렇게 심통 난 표정을 보일 리가 없지."

조명도의 말에 장권호는 뒷머리를 긁적이며 고개를 끄덕였다. 스승은 자신에 대해 너무 잘 알았다.

아무도 그가 패배한 것 때문에 심통이 나 있는 사실을 몰랐다. 하지만 조명도는 장권호의 표정을 보는 순간 그것을 알아차렸고 패한 것도 알아차렸다.

다른 사람이 볼 때 장권호의 표정은 늘 그대로였는데 조명도의 눈에는 뭔가 달라 보이는 듯했다.

"무적명은 찾았느냐?"

조명도가 무적명을 언급하자 장권호는 고개를 끄덕였다.

"찾았습니다. 그리고 그게 사람이 아니라는 것도 알았습니다."

"그래…… 그렇지."

조명도는 눈을 감으며 고개를 끄덕였다. 장권호가 물었다.

"스승님은 무적명에 대해 알고 계셨는데 왜 알려주지 않았습니까?"

"내가 말해준다고 강호에 안 갈 네가 아니었기 때문이

다. 또한 나는 네가 무적명을 이길 거라 생각했다. 패한다
해도 그것 역시 네게 큰 배움을 줄 거라 믿었지."

조명도의 말에 장권호는 잠시 입을 다물고 침묵했다.
스승인 조명도가 자신에게 큰 신뢰를 보였기 때문이다.

"제가 아직 미숙해서 이기지 못했습니다."

"무엇을 배웠느냐?"

조명도의 물음에 장권호는 잠시 생각하는 듯 보였다.

"잘 모르겠습니다. 그냥…… 패하고 나니 고향이 그리웠
고 돌아왔습니다. 이상하게도 패배를 경험하고 나니 가족
이 그리웠고 스승님이 보고 싶었습니다."

그의 말에 조명도는 아끼는 제자가 아닌 마치 친자식을
보는 듯한 눈으로 미소를 보였다.

"네가 돌아와 기쁘구나."

조명도의 말에 장권호는 고개를 숙였다. 조명도가 손을
뻗어 장권호의 어깨를 다독였다. 장권호가 상당히 힘들어
했다는 것을 느꼈고 보기와 다르게 어려움도 많이 겪었다
고 생각했다.

장권호는 잠시 조명도와의 재회를 기쁘게 받아들이고
훈훈한 정을 느꼈다. 그러다 스승인 조명도에게는 말을
해야 할 것 같아 입을 열었다.

"스승님."

"말해 보거라."

"제게 패배를 준 사람은 중원의 무적명이자 제가 누구보다 믿고 따르던 대사형입니다."

"……!"

조명도의 표정이 순간적으로 굳었다. 하지만 그것은 잠깐이었고 곧 그는 수염을 쓰다듬으며 짧은 숨을 내쉬었다.

"그랬구나…… 그랬어. 그랬던 거구나……."

조명도는 연신 고개를 끄덕이며 장검명의 얼굴을 떠올렸다.

"그래서 네가 힘들어했구나."

장권호는 조명도의 말에 잠시 침묵했다. 그의 말처럼 무적명의 모습을 보았을 때부터 지금까지 심적으로 많이 힘들었기 때문이다.

"대사형에 대해 많은 것을 알고 있다 생각했는데 그건 그저 겉모습에 지나지 않았던 것 같습니다. 대사형은 어떤 사람입니까?"

장권호의 물음에 조명도는 과거의 기억을 끄집어내는 듯 잠시 생각하는 표정으로 동굴 밖을 쳐다보았다. 조명도가 수염을 쓰다듬으며 천천히 입을 열었다.

"내가 강호에서 장백산으로 돌아온 직후 나를 찾아온 그는 고아에 이름도 없다고 했다. 그래서 장검명이란 이름을 지어주었지. 강해지고 싶어 했고 누구보다 재능이 뛰어났다. 거기다 솔직하고 담백한 성격에 나는 반한 모양이다."

조명도는 장검명의 재능에 상당히 놀라워했고 그를 가르치는 것에 기쁨을 느꼈다. 제자가 없었던 그에게 제자를 둬야겠다는 생각을 하게 만든 장검명이었다. 그래서 이후에 제자들이 늘어나게 된 것이다.

"그게 다구나. 나보다는 네가 더 잘 알 것이다."

조명도의 말에 장권호는 고개를 끄덕였다. 장권호는 삼도천이나 중원 무림에 대해 이야기를 안 하는 것이 낫겠다고 생각했다.

그리고 장검명이 장백파의 무공을 목표로 제자로 들어왔다는 사실도 조명도에게 말하지 않았다. 조명도에게는 여전히 사랑스러운 제자였고 그 기억을 바꾸고 싶지 않았기 때문이다.

장권호는 생각을 정리한 후 다른 문제를 말했다.

"스승님."

"그래."

"정영을 좌파의 장문인으로 정하는 것이 좋을 것 같습니다."

"그 아이를?"

"예."

장권호의 대답에 조명도는 의외라는 표정으로 장권호를

바라보았다.

"네가 장문인이 되지 않고 정영에게 주겠다는 것이냐?"

"그렇습니다."

"좌파는 현재 무너지기 일보 직전이다. 나는 네가 그 자리에 앉아 좌파를 지켜주면서 안정을 찾아주었으면 한다. 좌파가 안정이 되면 그 이후에는 네 마음대로 해도 상관이 없다."

"저보다는 정영이 더 잘 어울립니다."

장권호가 완강히 거절하겠다는 표정으로 대답하자 조명도는 궁금한 표정으로 물었다.

"이유라도 있느냐?"

조명도의 물음에 장권호는 망설이지 않고 대답했다.

"아직 무적명을 이기지 못했습니다."

그의 말에 조명도는 잠시 눈을 반짝였다. 장권호가 아직 강호와의 인연을 끝내지 않았기 때문이다. 그리고 때가되면 떠날 것 같았다. 아니, 분명 장권호는 다시 강호로 떠날 것이다. 그런 낌새가 보였다.

"강호에 미련이 많은 모양이군?"

"그렇습니다."

"좋다. 미련 많은 네게 장문인의 자리를 내줄 수는 없지. 하지만 정영은 대정문도 다스려야 하는 아이다. 그런 아이가 장백파까지 이끌 수 있겠느냐?"

"대정문은 정영이 아니더라도 다른 사람이 이끌 수 있습니다. 하지만 장백파는 정영이 아니면 안 됩니다."

"이유가 무엇이냐?"

조명도의 물음에 장권호는 미소를 보이며 대답했다.

"막내를 좋아하기 때문입니다. 또한 막내 역시 정영에게는 마음을 열고 있는 상태입니다. 무엇보다 막내를 믿고 맡길 수 있는 사람은 정영밖에 없습니다."

"하하하하!"

조명도가 장권호의 말에 크게 웃었다. 정영을 장문인 자리에 앉히려는 이유가 그저 애정 때문에 그런 것이라 대답했기 때문이다.

"그랬구나. 그랬어."

조명도는 고개를 끄덕이며 밝은 표정을 보였다.

"사실 나도 송희의 앞날을 걱정하고 있었다. 그런데 좋은 혼처가 생겼으니 다행이구나. 좋다. 정영을 데려오거라. 그에게 장문인이 될 건지 묻겠다."

"분부대로 하겠습니다."

장권호는 자신의 의도대로 정영에게 귀찮은 일을 맡길 수 있다는 사실에 내심 기뻤으나 표정은 변화가 없었다. 아니, 상당히 마음을 안 들키기 위해 노력하고 있었다.

"송희도 함께 데려오거라."

"예."

장권호는 대답 후에 자리에서 일어섰다.

"제자는 그럼 이만 내려가겠습니다."

"그래. 가거라."

조명도의 말에 장권호는 공손히 인사를 한 후 동굴을 빠져나가 천천히 산을 내려갔다.

쏴아아아!

폭포수가 떨어지는 웅녀폭포 주변은 시원한 소리와 공기가 어우러져 있었고 바위 위에는 옷가지가 가지런히 놓여 있었다. 누군가 옷을 벗고 물에 들어간 것 같았다.

첨벙!

물속에서 머리를 내민 서영아는 젖은 머리를 뒤로 넘기며 천천히 헤엄을 치다 물에 누워 하늘을 올려다보았다. 푸른 하늘과 흰 구름이 어우러진 모습은 평온함을 가져다주었고 근심과 걱정조차 사라졌다. 서영아는 마음이 평안하니 사는 게 즐겁다는 사실을 처음으로 느끼고 있었다.

'행복한 걸까?'

문득 든 생각이었다.

과거에는 이렇게 살게 될 줄은 꿈에도 몰랐다. 설마 하니 자신이 수정궁주인 제선선의 독에서 벗어나고 심지어 기연을 얻어 무공도 높아질 줄이야.

모든 일이 꿈만 같고 현실이 아닌 것 같았다.

첨벙!

다시 한 번 물속에 들어가 얼굴을 적시고 천천히 걸어 나오던 그녀는 마침 폭포로 다가오던 장권호와 눈이 마주쳤다.

"여기요!"

서영아는 손을 들어 흔들었고 장권호는 순간적으로 눈을 부릅뜨다 고개를 돌렸다.

"어이쿠!"

장권호는 저도 모르게 서영아의 알몸을 보고 고개를 돌린 것이다. 서영아는 장권호의 행동에 웃으며 말했다.

"왜 그래요? 못 볼 거라도 봤어요?"

"아니, 여자가 부끄럽지도 않아?"

"뭐 어때요? 이미 볼 거 다 봤는데."

서영아의 말에 장권호는 고개를 저었다.

"빨리 입어."

장권호의 말에 서영아는 배시시 웃으며 옷을 입었다.

"다 입었어?"

"예."

서영아가 대답 후 다가오자 장권호는 그제야 고개를 돌렸다. 서영아는 젖은 머리카락을 휘날리며 다가왔고 장권호는 그녀의 표정이 전과 달리 매우 밝다는 것을 알았다.

"많이 좋아졌구나."

"예?"

"이제는 잘 웃는 것 같아 기분이 좋아."

장권호의 말에 서영아는 자기 자신도 모르게 변화가 있다는 것을 깨달았다. 전에는 이렇게 웃은 적이 거의 없었기 때문이다. 그리고 이런 기분을 느끼면서 사는 것 자체가 처음이란 생각도 들었다.

"환경은 사람을 바꾸기도 하지."

장권호의 말에 서영아는 천천히 고개를 끄덕였다. 문득 이렇게 조금은 밝은 게 본래의 자신이 아닐까? 하는 생각이 들었다.

"내려가자."

장권호의 말에 서영아는 조용히 그 뒤를 따랐다.

＊　　　＊　　　＊

중원을 떠나 장백파에 돌아온 지 어느덧 삼 개월이 지났다. 그동안 꽤 많은 일이 있었고 정영이 조명도의 부탁을 거절하지 못하고 장백파를 이끌게 되었다. 대정문은 정영을 대신해 그의 숙부가 맡기로 했다.

유송희도 정영의 부족함을 채우며 같이 장백파를 이끌었고, 서영아는 매일같이 장백파에 나가 유송희의 일을 돕고 있었다.

장권호가 머무는 곳은 장백파에서 그리 멀지 않은 초가였다. 장백파의 뒷문을 나와 조금 더 올라가면 있는 곳인데 경치도 좋고 장백산을 등지고 있었다. 앞에는 작은 냇물이 흘러가고 있었고 징검다리가 놓인 곳이었다.

쩍!

마당에서 장작을 패는 소리가 크게 울렸다. 장권호는 작은 손도끼를 들고 편하게 앉아 가볍게 장작을 내리찍고 있었다. 그런데 그 가벼운 움직임에 두꺼운 통나무가 여지없이 갈라졌다.

쩍!

꽤 많은 장작을 만든 장권호는 그 반을 들어 다시 도끼를 움직였다. 그때 발소리와 함께 반가운 얼굴이 모습을 보였다.

"백옥궁에 올 줄 알았더니 장작이나 패고 앉아 있는 거야?"

백옥궁의 가내하가 나타난 것이다. 그녀는 반가운 미소를 보이며 장권호에게 다가와 통나무 위에 앉았다.

"웬일이야?"

"백옥궁에 안 와서 나와본거야."

가내하의 말에 장권호가 말했다.

"내가 안 와서 나왔다고? 그게 말이 돼? 무슨 일인데?"

"장백파의 새로운 장문인에게 선물을 전하라 해서 온

거야."

"그랬군."

장권호는 고개를 끄덕이며 다시 장작을 패기 시작했다. 장권호의 옆얼굴과 그의 근육이 움직이는 모습이 상당히 보기 좋은 듯 그녀는 한동안 계속 쳐다보았다.

쩍!

나무가 갈라지는 소리와 그의 모습이 오늘따라 꽤나 괜찮게 들렸다. 그 모습을 물끄러미 보던 가내하가 말했다.

"나랑 살자."

팍!

순간적으로 장작을 패던 장권호의 도끼가 나무의 껍질만 스치고 땅에 박혔다. 갑작스러운 가내하의 말에 매우 놀란 것이다. 장권호는 무슨 말을 하냐는 듯 가내하를 바라보았다.

"무슨 소리야?"

"같이 살자고. 무슨 뜻인지 몰라?"

"부부?"

가내하가 고개를 끄덕이자 장권호는 가볍게 웃으며 다시 장작을 패기 시작했다.

"남자가 그렇게 없어?"

팍!

장작이 쪼개지는 소리가 울렸고 가내하는 고개를 끄덕

이며 말했다.

"없어."

"천하에 널린 게 남자야."

"내게 남자는 너 하나야."

그녀의 말에 장권호는 다시 장작을 패던 도끼를 내려놓았다. 장권호는 심히 걱정된다는 표정으로 물었다.

"갑작스럽게 그런 말을 하는 이유가 뭐야? 아니면 정말 나를?"

가내하가 자리에서 일어나며 말했다.

"난 어릴 때부터 나를 이긴 사람에게 시집가려 했어."

"고작 그런 이유로 반려자를 정한다는 게 말이 되는 일이냐?"

"고작 그런 이유라니? 나는 그게 가장 중요한 이유인데."

가내하가 화가 난 표정으로 눈에 불을 밝히자 장권호는 손을 저으며 물러섰다. 곧 그는 잠시 휴식을 취하려는 듯 마루에 앉았다.

"그 정도 이유면 충분해. 내겐 중요한 일이니까."

"너도 알다시피 나는 좋아하는 사람이 있어."

"알아. 종 언니라는 거."

가내하의 말에 장권호는 묵묵히 고개를 끄덕였다. 가내하는 장권호의 옆에 앉자 잠시 침묵했다. 장권호가 말했다.

"내게 누님도 있는데 너까지 받아들이라는 뜻이야?"

"맞아."

가내하가 서슴없이 대답하자 장권호는 눈을 크게 떴다. 말도 안 된다는 듯 장권호는 다시 말했다.

"그건 네 입장에서 볼 때 너무 힘든 일이 아닐까? 네가 뭐가 아쉽다고 좋아하는 사람도 있는 남자에게 시집을 가려는 건데? 네가 마음만 먹으면 안 따라올 남자는 없을 텐데?"

장권호의 말에 가내하가 아미를 찌푸렸다.

"너 바보구나."

"무슨 말이야?"

"내가 창피함도 무릅쓰고 자존심도 굽혀가면서 하는 말인데 그게 그렇게 장난처럼 들려? 내가 장난하는 것 같아? 내가 그저 아무 남자나 만나서 시집이나 갔으면 좋겠어? 정말 그래?"

가내하가 살기까지 보이며 차가운 목소리로 말하자 장권호는 침음을 삼키며 입을 닫았다. 딱히 어떤 말을 해야 할지 몰라 망설인 것이다.

가내하가 화난 표정으로 다시 말했다.

"네가 언니를 좋아하는 것도 잘 알고 있어. 다른 여자에게 마음을 준 적 없다는 것도 알아. 거기다 나를 그저 친구로 생각하는 것도 잘 알고 있어. 그래도 네게 이런 말을 하는 건 그래도 네가 내겐 중요한 사람이기 때문이야."

그녀의 말에 장권호는 안색을 바꾸며 고개를 끄덕였다. 장권호는 문득 뭔가가 생각난 표정으로 미소를 보이며 말했다.

"생각해보니 어릴 때는 너하고 많은 시간을 보냈지. 그 때는 정말 아무런 생각도 못하고 즐겁기만 했지 그저 친구 사이로 말이야. 이렇게 커보니 어느새 나와 넌 남자와 여자가 되었구나."

장권호의 말에 가내하가 퉁명스럽게 말했다.

"어릴 때도 난 여자였고 넌 내게 남자였어."

가내하의 말에 장권호는 안색을 바꿨다. 가내하가 다시 말했다.

"중요한 건 네가 나를 받아 주느냐 마느냐겠지. 내가 싫으면 거절해도 상관없어. 하지만 거절하면 난 분명 너를 원망하면서 자결할 테니까 그리 알아."

협박하듯 가내하가 말하자 장권호는 다시 한 번 굳은 표정으로 눈을 반짝였다. 설마 하니 가내하가 이렇게까지 강경하게 나올 줄은 몰랐기 때문이다.

"내가 싫어?"

가내하가 묻자 장권호는 고개를 저었다.

"그렇지 않아. 싫어했다면 이렇게 함께 있지도 않겠지."

장권호의 말에 가내하는 어느 정도 표정을 풀며 말했다.

"자결은 안 해도 되겠네."

가내하가 마루에서 일어나 기지개를 피며 기분 좋은 미소를 보였다. 장권호의 말에 기분이 어느 정도 풀린 것이다.

"종 언니에게는 내가 따로 말할 생각이야."

가내하는 종미미에게 자신의 뜻을 말할 생각이었다. 장권호가 다시 물었다.

"그런데 왜 나지?"

장권호의 물음에 가내하는 잠시 깊은 숨을 한번 내쉬더니 미소를 보였다.

"내가 아는 남자는 너 한 명이니까."

가내하는 당연하다는 표정으로 말했다. 장권호는 그저 희미하게 미소를 보였다.

"어깨가 무겁군."

장권호는 종미미에 가내하까지 거둬야 할지도 모른다는 생각에 낮은 목소리로 중얼거렸다. 그의 말을 들은 가내하는 장권호의 앞에 다가왔다.

"백옥궁에서 기다릴게."

"그래. 조만간 가지."

가내하는 장권호의 대답을 듣자 고개를 끄덕이며 천천히 멀어져갔다. 그녀가 길을 따라 내려가는 모습을 바라보던 장권호는 조금은 당황한 표정을 보였다.

좀 전에 가내하와 만나 나눈 대화가 모두 거짓처럼 느껴졌다. 거기다 지금까지 그녀는 자신의 감정을 보여준 적도 없었고, 그녀가 자신을 남자로 생각할 줄은 몰랐기에 더욱 놀란 것이다. 아무래도 조만간 백옥궁에 가야 할 것 같았다.

종미미와 가내하의 문제를 확실하게 매듭지어야 했기 때문이다.

＊　　　＊　　　＊

덜컹! 덜컹!

넓은 관도에는 수레 하나가 천천히 이동하고 있었다. 마부석에는 방립을 쓴 청년 한 명이 앉아 있었고 수레에는 사십 대로 보이는 평범한 의복을 걸친 남자가 앉아 있었다. 그가 주변 풍광을 구경하며 말했다.

"산세가 웅장하고 공기가 중원보다 맑은 것 같구나. 거기다 풀 냄새 또한 정겨우니 참으로 좋구나."

중년인의 말에 청년은 방립을 들어 주변을 둘러보았다. 높은 산과 울창한 수림이 관도 사이로 보였고 구름 한 점 없는 맑고 짙푸른 하늘이 눈에 들어왔다.

"좋은 곳입니다."

청년도 중년인의 말에 호응하며 고개를 끄덕였다. 청년

은 주변을 둘러보다 작은 마을이 강물 사이로 보이자 다시 말했다.

"강북에 가는 일도 드문데 이렇게 먼 장백산까지 오게 될 줄은 몰랐습니다."

"처음 장백산에 왔을 때 난 세상의 끝으로 가는 줄 알았다. 그만큼 먼 곳이지."

중년인의 말에 청년은 그가 장백산에 간 적이 있다는 것을 알았다. 지금까지 그가 자신의 일에 대해 이야기를 꺼내는 경우는 극히 드물었기에 처음 듣는 말이었다.

"두 번째인가요?"

"두 번째지."

중년인은 고개를 끄덕였다.

청년은 밭에서 일을 하는 농부들과 뛰어노는 아이들을 바라보며 말했다.

"사람 사는 곳은 어디든 다 똑같은 것 같습니다. 변방이라 해도 중원과 별반 다를 게 없어 보이니까요."

"어차피 사람 사는 곳은 다 거기서 거기다. 단지 누가 사느냐의 차이겠지."

중년인의 말에 청년은 고개를 끄덕였다. 좋은 사람이 살면 당연히 그곳은 좋은 곳이 되겠지만 그렇지 않다면 지옥이 따로 없을 것이다.

"장백촌이 보입니다."

청년은 관도 너머로 보이는 꽤 큰 마을과 그 뒤로 병풍처럼 늘어선 높은 산의 모습에 저도 모르게 압도되는 기분이 들었다.

"확실히 좋은 곳이야."

중년인이 과거의 기억을 떠올리며 미소 지었다.

장백파의 정문은 활짝 열려 있었고 그 사이로 공사를 진행하는 인부들과 일꾼들이 지나다녔다.

"공사 중인가 봅니다."

"불에 탔다고 하더니 사실인 모양이군."

수레를 타고 있던 청년과 중년인은 정문에 수레를 세우고 내려섰다. 그들이 정문 앞에 서자 장백파 제자 한 명이 다가왔다.

"무슨 일로 오셨습니까?"

"장문인을 만나고자 중원에서 왔다네. 만나 뵙고 싶은데 가능하겠는가?"

"누구신지 말씀해주시면 바로 알리겠습니다."

젊은 제자가 친절히 대답하자 중년인은 수염을 쓰다듬으며 말했다.

"임이영이라 하네. 중원에선 그래도 이름 있는 사람이니 알려주면 고맙겠네. 멀리서 왔으니 오래 기다리게 하지는 말게나."

"알겠습니다. 일단 객청으로 가시지요. 그리 안내하겠습니다."

제8장
대결

　젊은 장백파 제자가 친절히 안으로 안내하자 정문으로
들어선 임이영은 주변을 둘러보며 고개를 끄덕였다. 그리
크지 않은 연무장과 사방을 채우고 있는 대전의 모습은
예나 지금이나 변화가 없어 보였다.

　"공사가 한창인 모양이군?"

　"그렇습니다."

　제자의 말에 임이영은 고개를 끄덕였다. 옆에 서 있던 청
년은 눈을 반짝이며 장백파의 모습을 머리에 담았다.

　간이로 만든 작은 정원과 그 중앙에 자리한 객청에 도
착하자 장백파의 제자가 안으로 사라졌다.

　"생각보다 규모는 작아 보입니다."

"원래 그리 큰 규모가 아니었네. 중원의 대문파에 비하면 아주 작은 소문파에 불과하지. 하지만 그것은 겉모습일 뿐이다. 중원에 나타난 장백파의 제자들은 하나같이 고강한 무공을 소유한 고수들이었다는 것을 알아두거라."

"예."

청년은 대답 후 차를 마셨다.

얼마 지나지 않아 발소리와 함께 깔끔한 백색 장포를 입고 있는 정영이 모습을 보였다. 정영의 옆에는 유송희가 함께하였으며 둘이 나타나자 임이영은 살짝 눈을 반짝이며 둘의 모습을 살폈다.

"이렇게 만나 뵙게 돼서 영광입니다. 제가 장백파를 맡고 있는 정영이라 합니다."

"유송희라 합니다."

둘의 인사에 임이영은 자리에서 일어나 가볍게 포권하며 말했다.

"임이영이라 하오. 이렇게 만나서 반갑소이다."

"남궁명이라 하오."

청년은 남궁세가의 장자인 남궁명이었다. 그의 인사에 정영과 유송희는 미소로 답했다.

"앉지요."

정영의 말에 임이영과 남궁명이 자리에 앉았다.

"이렇게 명성 높은 대선배님을 뵙게 될 줄은 몰랐습니다. 굉장히 당황스럽게 놀랍습니다."

정영의 말에 임이영은 손을 저으며 말했다.

"과찬이오. 그저 헛 명성일 뿐이오."

"아닙니다. 헛 명성이라니요. 그렇다면 명성 없는 저는 죽어야지요."

정영이 고개를 저으며 웃음을 보이자 임이영은 눈을 반짝였다. 생각보다 장백파의 새로운 장문인이 남다르게 보였기 때문이다.

"허허허! 그리 말해주니 기분이 좋구려. 장 소협을 만나고 싶은데 볼 수 있겠소?"

정영은 그가 이곳까지 온 이유가 장권호 때문이란 사실을 알았다. 정영은 미소를 보이며 물었다.

"실례가 안 된다면 무슨 일 때문에 만나려 하는지 그 연유를 물어도 되겠습니까?"

"그의 명성을 듣고 온 것이니 너무 경계하지 마시오. 중원에 있을 때 꼭 만나고 싶었는데 그 기회가 없어 만나지 못해 이렇게 온 것이오."

"알겠습니다."

정영은 고개를 끄덕인 후 유송희에게 시선을 던졌다. 유송희는 고개를 끄덕이며 일어섰다.

"사형에게 알리러 가볼게요."

"고맙소."

정영의 말에 유송희는 빠르게 객청을 나갔다.

낮잠을 자던 장권호는 들려오는 발소리에 눈을 떴다. 하지만 귀찮았기 때문에 일어나지는 않았다.

"사형."

말소리와 함께 문을 열고 유송희가 얼굴을 내밀었다. 장권호는 한쪽 눈을 뜨며 그녀를 쳐다보았다.

"왜?"

조금 졸린 표정으로 말한 장권호는 좀 더 자야겠다는 듯 이불을 덮었다.

"손님이 왔어요."

"손님? 나한테 올 손님도 있었나?"

"중원에서 왔어요."

유송희의 말에 장권호는 미간을 찌푸렸다.

"영아야."

장권호가 큰 목소리로 서영아를 찾자 그녀가 어느새 모습을 보였다. 그녀는 빨래를 하고 있었는지 소매를 어깨까지 걷어 올린 상태였고 손에는 빨래 방망이를 들고 있었다.

"네? 왜요?"

"나를 찾는 손님이 왔다고 하니 가봐야겠다. 옷 좀 가져와."

"네. 그런데 누가 찾아왔어요?"

서영아의 물음에 유송희가 짧게 말했다.

"임이영."

"……!"

장권호의 눈이 빛났고 서영아의 표정이 굳었다.

"도검천황 임이영."

서영아가 저도 모르게 중얼거리자 장권호는 고개를 끄덕였다. 삼도천의 무천자이자 강호의 최고수 중 한 명이 직접 온 것이다. 그것도 자신을 만나기 위해 왔다는 사실에 많은 생각을 하게 되었다.

저벅! 저벅!

객청으로 향하는 장권호의 무거운 발자국 소리가 울렸다. 객청 안에 있던 사람들은 장권호가 나타나자 자리에서 일어섰다.

남궁명은 장권호를 보자 저도 모르게 주먹을 움켜쥐었으며 어금니를 깨물었다. 뛰어넘고 싶은 인물이 눈앞에 나타났기 때문이다.

강호제일의 후지기수라는 명성과 남궁세가의 명성을 함께 가지고 있는 그였지만, 비슷한 또래의 장권호만큼 큰 명성은 얻지 못했다. 또한 사람들은 아무리 남궁명이라 해도 장권호를 이기지 못할 거라 말했다.

그 말이 그의 자존심에 상처를 주었지만 다른 한편으론 장권호를 인정하고 있었다.

"임이영이라 하네."

"장권호라 하오."

"남궁명이오."

인사를 나눈 그들은 곧 자리에 앉았다. 임이영이 정영에게 시선을 던지며 말했다.

"우리끼리 할 말이 있는데 자리 좀 비켜주겠소?"

정영은 그 말에 장권호를 쳐다보았다. 장권호는 고개를 끄덕였고 정영은 미소를 보였다.

"그렇게 하지요."

정영이 밖으로 나가자 남궁명도 자리에서 일어섰다.

"저도 잠시 한 바퀴 돌겠습니다."

임이영이 고개를 끄덕이자 남궁명은 잠시 장권호를 바라보다 곧 객청을 빠져나갔다.

정영과 남궁명이 나가자 임이영은 차를 한 모금 마신 뒤 천천히 말했다.

"만나고 싶었네."

"만나고 싶었소이다. 그런데 이렇게 장백파에서 뵙게 될 줄은 몰랐소."

"급한 일이라 찾아 온 것이네."

"무슨 일이기에 중원의 하늘이라 불리는 임 선배가 온 것이오?"

장권호의 말에 임이영은 고개를 끄덕이며 말했다.

"신검록."

임이영의 말에 장권호는 눈을 반짝였다. 장권호는 저도 모르게 미소를 보이며 말했다.

"무공이 하늘에 닿았다는 천하의 임 선배도 무공서에 욕심을 가질 줄은 몰랐소이다."

장권호의 말에 화가 날수도 있었지만 임이영은 그저 가볍게 미소를 보이며 고개를 저었다.

"오해하지 말게나. 신검록은 삼도천에서 관리하는 무공서이기 때문에 그런 것이네. 듣자 하니 자네는 신검록이 어디에 있는지 알고 있다지. 그 이야기를 듣고자 온 것이네. 내게 알려주게."

"알려주면 제게 이득이 있소이까?"

장권호의 물음에 임이영은 수염을 쓰다듬으며 고개를 끄덕였다.

"물론이네."

"무엇이오?"

"자네가 원하는 게 무엇인지 알아야 하지 않겠나? 최대한 자네가 원하는 것을 주겠네."

임이영의 말에 장권호는 미미하게 고개를 끄덕였다. 임이영의 제안은 일종의 거래였고 그 거래에 응하는 것은 전적으로 자기 손에 달려 있었다.

"제가 원하는 거라…… 더 이상 나를 귀찮게 하지 말라는 것 정도? 삼도천과의 원한은 없던 것으로 해주시오. 물론 나와 함께 있던 여동생의 일도 말이오."

"어렵지 않군."

임이영은 생각보다 쉬운 것을 말하자 고개를 끄덕였다.

"그렇게 하겠네. 내 직접 공천자와 이야기를 하지. 또 없는가?"

"그게 다요."

장권호의 말에 임이영은 미소를 보였다.

"그럼 신검록이 어디에 있는지 알려주게나. 설마 그 무공서를 가지고 다니는 것은 아니겠지?"

"물론이오. 하지만 어디에 있는지 지금은 알려줄 수가 없소이다."

"왜 그러나?"

"선배를 못 믿어서가 아니라 무림이 워낙 험하고 뒤통수를 잘 치는 곳이기에 확약서를 받고 알려주겠소. 삼도천의 천주와 삼천자가 동의하는 문서를 주시오. 그럼 알려주겠소이다."

장권호의 말에 임이영은 눈을 반짝였다. 보기와 달리 상당히 철저한 성격 같았기 때문이다. 임이영은 장권호에 대해 평가하던 사람들의 눈을 문득 뽑아 버리고 싶다는 생각이 들었다. 그에 대한 판단이 모두 틀렸기 때문이다.

'곰이나 호랑이 같다고 하더니 늑대로군.'

사냥감을 몰아서 사냥하는 늑대 무리에서도 장권호는 우두머리란 생각이 들었다.

'확실히 북쪽 사내는 단단하군.'

임이영은 고개를 끄덕였다.

"그렇게 하겠네. 그런데 그 확약서를 받아오려면 시간이 걸릴 터인데 상관없는가?"

"시간이 없는 것은 내가 아니라 임 선배 아니오?"

"그렇군."

임이영은 미소를 보이며 차를 마셨다. 그러다 곧 궁금한 표정으로 물었다.

"그런데 자네가 원하는 것은 삼도천과의 원한이 아니라 장백파 일이 아니던가? 나는 그걸 물을 거라 생각했었네."

장권호는 임이영의 말에 미소를 보이며 고개를 저었다.

"지금은 삼도천과의 원한이 더 중요하오."

"그래? 자네의 실력이면 굳이 생각할 필요도 없지 않나? 또한 삼도천에선 더 이상 자네를 쫓을 생각도 안 하고 있다네. 자네를 상대하는 것은 삼도천도 꽤 각오를 해야 하기 때문이네. 상당한 피해를 입겠지. 큰 피해를 입어가면서 자네와 싸우고 싶지는 않아."

장권호는 차를 마시며 말했다.

"귀찮은 게 싫을 뿐이오."

장권호의 말에 임이영은 사소한 이유라 생각했다. 장권호가 다시 말했다.

"그런데 신검록 때문에 직접 오신 것이오? 그 일이라면 굳이 직접 안 오셔도 될 일 같은데 말이오."

"그래도 내가 와야 자네가 신검록을 내주지 않겠는가? 다른 사람이 왔다면 쉽게 믿고 거래를 할 수 있었겠나?"

임이영의 말에 장권호는 확실히 그가 직접 왔기 때문에 손쉽게 일을 해결할 수 있었다고 생각했다.

임이영은 그냥 가벼운 이름을 가진 사람이 아니었다. 강호의 얼굴 중 한 사람이었고 삼도천의 대표라고도 볼 수 있는 인물이었다. 그런 인물이 직접 왔으니 당연히 쉽게 응한 것이다.

적어도 그라면 자신의 이름을 걸고 하는 일에는 최선을 다할 것이다.

"확실히 그렇소."

장권호의 대답에 임이영은 미소를 보였다. 장권호가 다시 말했다.

"그럼 이제 신검록의 이야기는 접어 두고, 임 선배가 직접 온 이유가 하나 더 있을 거라 생각하오."

"그런가?"

"물론이오."

장권호의 대답에 임이영은 눈을 반짝였다. 임이영은 알겠다는 듯 미소를 보이며 말했다.

"천주하고도 호각을 다투었다고 하는 장백파의 무공을 보고 싶네. 사실 내 목적은 자네라네."

"아직 부족한 점이 많지만 가르침을 주신다면 기쁘게 받겠소이다."

장권호의 눈빛이 달라지자 임이영은 남은 차를 다 마신 후 말했다.

"좋은 장소가 있으면 안내해주게나."

"기쁘게 안내하지요."

장권호는 일어나 임이영과 함께 천천히 밖으로 걸음을 옮겼다.

작은 공터 주변으로 높은 소나무가 늘어서 있었다. 그리 넓지 않은 삼장여의 공간은 녹색 풀이 깔려 있었고 시원한 바람이 간간이 불어오는 곳이었다.

"좋은 곳이군. 운치도 있고. 마음에 드네."

임이영은 주변을 둘러보며 수려한 풍광에 고개를 끄덕였다.

"제가 좋아하는 곳이오. 그냥 송림(松林)이라 부르지만 꽤 좋은 곳이오."

"나 역시 송림을 좋아한다네."

장권호의 말에 임이영은 만족한 표정을 보였다. 그는 양손을 늘어뜨린 후 다시 말했다.

"여기에 오면서 무기는 짐과 함께 두었는데 그게 아쉽군. 무기가 없으니 빈손으로 겨뤄야 하겠군. 아쉽네."

"가져와도 상관없소이다."

"아니 그냥 이대로 하지. 어차피 크게 상관없으니 말일세."

임이영의 말에 장권호는 그가 무기를 손에 쥐든 안 쥐든 그 실력에 차이가 없다는 사실을 깨달았다. 어차피 어느 정도 경지에 든 이상 그의 손에 풀잎만 쥐어줘도 분명 무서운 검이 될 것이다.

"나는 검이나 도가 없으면 딱 한 가지 무공만 사용한다네."

"무엇이오?"

"면장(綿掌)."

임이영의 말에 장권호의 눈에 이채가 발했다. 면장과의 대결은 기대하고 있던 대결이기 때문이다. 무엇보다 천하에서 가장 고절하다고 알려진 내가중수법이기도 했다.

"무당파에서 무공을 배우셨다고 들었는데 사실인 모양이오?"

"본신 무공이 무당파 것이라네. 개인적인 사정 때문에

정식 제자가 되지 못해 도호는 받지 못하였지."

장권호는 고개를 끄덕인 후 소매를 팔뚝까지 걷어 올리
며 말했다.

"시작합시다."

장권호의 행동에 임이영도 소매를 걷어 올린 후 한 발
앞으로 나섰다.

"오게나. 선수는 양보하지."

"그럼."

쉭!

장권호가 한 발 앞으로 나서며 순식간에 거리를 좁혀
일권을 내질렀다. 그의 단권이 빠르게 임이영의 안면을 향
하자, 임이영은 우장을 들어 장권호의 주먹을 가볍게 쳐냈
다. 힘의 방향을 바꾼 것이다.

그때 임이영의 가슴으로 장권호의 좌수가 마치 독수리
의 발톱 같은 모양으로 짓쳐들었다.

임이영은 좌장으로 장권호의 손등을 쳐낸 후 빠르게 우
수로 그의 안면을 쳐갔다. 손등으로 가볍게 허공을 치듯
그의 우수가 번개처럼 움직이자, 장권호는 상채를 가볍게
뒤로 젖혀 피한 후 무릎으로 그의 턱을 쳐올렸다.

임이영이 양손으로 무릎을 막았다.

팡!

"호오."

임이영은 반 장 정도 허공에 떠 있다 내려오며 가슴을 파고드는 장권호의 일권에 번개처럼 허리를 숙여 피한 후 그의 옆구리로 좌장을 뻗었다.

장권호의 일권이 순식간에 사라지고 임이영의 좌장을 우장으로 막았다.

팡!

가벼운 파공성과 함께 둘의 신형이 한 발씩 물러섰다. 둘의 움직임 때문에 일어난 강기 바람에 소나무의 나뭇가지들이 가볍게 휘날렸다. 장권호가 말했다.

"주변 소나무에게 상처를 입혀도 지는 것이오."

"좋은 생각이군."

임이영은 괜찮다는 듯 고개를 끄덕였다.

슥!

임이영은 한 발 내디디며 우장을 뻗었다. 그의 면장이 날카로운 소성과 함께 날아들자, 장권호는 부딪칠 생각이 없는 듯 고개를 돌려 피했다. 그리고 좌권을 뻗어 임이영의 전신을 빠르게 찍었다.

팡! 팡!

공기의 파공성이 울렸고 임이영의 신형이 바람에 흔들리는 나뭇잎처럼 움직였다. 장권호의 권은 단 하나도 그의 옷을 스치지 못하였다.

쐐액!

날카로운 소성이 울린 것은 장권호의 단권을 모두 피한 직후였고 어느새 자세를 낮춘 임이영의 좌장이 단전을 쳐왔다.

그렇게 빠르지도 느리지도 않는 눈에 보이는 한 수였다. 하지만 피하기 극히 어려웠으며 적절한 때에 들어온 일초였다.

장권호는 단전을 좌장으로 막으며 동시에 우장으로 임이영의 머리를 내리쳤다. 동시에 일어난 그의 행동에 임이영의 좌장이 순식간에 변화를 일으키며 십여 개의 손 그림자와 함께 장권호의 단전 주변 요혈들을 찍어왔다.

"······!"

장권호의 표정이 굳음과 동시에 그의 양손이 순식간에 단전을 중심으로 원을 그렸다.

파팡!

원형의 강기에 부딪친 임이영의 좌수가 사라졌고 우장이 원형 강기의 중심을 뚫고 들어왔다.

쐐액!

날카로운 소성과 함께 삽시간에 날아든 우장에 장권호는 재빨리 원을 그리며 우측으로 반장 물러섰다.

팍!

임이영은 손을 급히 멈추고 내력을 갈무리했다. 더 뻗으면 삼 장 정도 떨어진 소나무에 상처가 생기기 때문이다.

임이영은 우측으로 돌아간 장권호에게 고개를 돌리다 순간적으로 시야를 가득 채운 거대한 손 그림자에 표정을 굳혔다. 그때 단전으로 일권이 들어왔다.

장권호가 손바닥으로 눈을 가리고 단전을 공략한 것이다!

그 한 수는 실전 경험을 통해서나 얻을 수 있는 초식이었다.

팍!

임이영은 놀라 양손으로 단전 부분을 막으며 몸을 회전했다. 장권호의 일권과 부딪쳐 들어온 강렬한 충격을 모두 허공으로 분산시킨 임이영이 회전을 멈추고 섰다.

장권호도 손을 멈추고 잠시 호흡을 골랐다. 두 사람 사이로 흐르는 공기가 마치 활시위처럼 팽팽하게 당겨 있는 듯했다.

긴장감이 맴도는 공기 사이로 시원한 바람이 불어왔다. 긴 호흡을 하던 장권호가 호흡을 멈추며 물었다.

"실례지만 선배의 연세는 어떻게 되시오?"

"내일 모레 환갑이네."

임이영의 말에 장권호는 눈을 크게 뜨며 상당히 놀란 표정을 보였다. 곧 그는 고개를 끄덕였다.

"대단하오."

장권호는 진심으로 감탄한 표정이었다. 절제할 수밖에

없는 장소였기에 자신의 내력을 모두 끌어내기가 쉽지 않은 곳이었다. 주변을 채우고 있는 소나무에게 상처조차 주면 안 되기 때문이다.

그런데 임이영은 깃털처럼 움직이고 초식을 펼칠 때는 쾌속하게 펼쳐보였다. 쾌속하게 펼치는 것이라면 어느 정도의 고수라면 누구나 할 수 있을지 모른다. 하지만 공격 안에는 강한 내력이 담겨 있었다.

초식을 펼치는 중간에는 내력을 거의 쏟지 않았으며 그 마지막 정점에서만 내력을 뿜어내는 그였다. 그게 얼마나 어려운 일인지 장권호는 잘 알고 있었다.

내력이 높다고 고수가 되는 것도 아니었다. 내력을 받쳐주는 기력이 있어야 했다.

기력이란 기의 흐름을 원활하게 해주는 건강한 육체를 말한다. 건강한 육체만 있다고 해서도 안 되었다. 체력이 받쳐줘야 했다.

하지만 체력은 나이가 들면 당연히 떨어지게 되어 있었다. 그런데 임이영은 자신에 비해 절대 떨어지지 않은 체력을 가지고 있었다.

체력과 내력, 기력을 모두 갖추어도 고수는 아니었다. 강한 정신력도 필요했다. 보통 내력이 높은 사람은 정신력도 강한 편이었고 집중력도 높았다.

내력이 높아지면 자연스럽게 정신력도 높아지기 마련이

다. 정신력이 낮은 사람은 절대 높은 내력을 쌓을 수가 없었고 고수가 될 수 없었다.

그 외에도 수많은 조건들이 달라붙는다. 그러한 모든 것을 갖추어야 고수가 될 수 있었고 고도의 집중력을 발휘할 수가 있었다.

거기다 임이영은 실전 경험도 풍부했기에 부족한 부분이 없어 보였다. 눈에 보이는 초식들이지만 초식을 막기 어려웠으며 정적인 움직임과 동적인 움직임을 동시에 갖추고 있었다.

"자네도 대단하네. 자네 같은 나이에 이정도의 실력을 갖춘 인재가 몇이나 있겠나? 놀랍네."

임이영은 장권호가 나이에 맞지 않게 강하다는 것을 알았고, 또한 이렇게 좁은 공간에서 주변 환경을 헤치지 않는 절제력도 갖춘 것을 대단하게 생각했다.

초식을 펼칠 때 공수전환이 빠르고 내력을 잘 다스리는 모습이 돋보이는 듯했다.

"너무 힘쓰지 마시오. 그러다 쓰러지면 이제는 약도 없을 나이가 아니오?"

"내 걱정 말고 자네나 걱정하게. 젊은 나이에 노인에게 맞고 쓰러지면 무슨 창피인가?"

"하하하하! 절대 쓰러지지 않겠소이다."

"나도 그러지."

슥!

장권호가 먼저 한 발 나서며 번개처럼 일권을 임이영의 미간으로 뻗었다. 주먹 그림자가 크게 다가오자 임이영은 그 자리에서 상체만 살짝 숙이며 반 회전하듯 돌았다. 그 직후 그의 우장이 칼날처럼 장권호의 허리를 베어가자 장권호가 그의 팔을 잡아챘다.

팍!

아니, 팔을 잡으려는 찰나 임이영은 우장을 돌려 그의 손에서 벗어난 직후 좌장을 뻗어 장권호의 어깨에 있는 견정혈을 잡아갔다. 장권호는 가볍게 어깨를 털었다.

팍!

파공성과 함께 임이영의 좌장이 호신강기에 밀려 튕겼다. 그 틈을 놓치지 않고 장권호는 임이영의 쇄골 사이 선기혈을 중권으로 찍었다.

선기혈은 한번 격중되면 치명상을 입는 곳으로 한순간 전신이 마비되거나 사망할 수 있는 곳이었다. 장권호 정도 고수에게 적중된다면 백이면 백 모두 죽을 것이다.

호신강기로 몸을 보호하는 임이영이었지만 장권호의 권을 맞을 수는 없었다. 엄청난 경력이 담긴 그의 권은 다가오는 바람 소리만으로도 살이 찢겨지는 느낌이 들기 때문이다. 임이영은 우장을 번개처럼 움직여 장권호의 주먹을 사선으로 쳐냈다.

퉁!

"……!"

장권호는 손이 튕겨지자 뼛속으로 스며드는 날카로운 충격에 표정을 굳혔다. 임이영이 내력을 높이자 그의 강력한 내력이 호신강기를 뚫고 살 속으로 침투한 것이다.

쉭!

바람 소리와 함께 장권호의 귀밑머리 부군에 있는 관료혈를 쳐왔다. 사선으로 원을 그리며 날아드는 그의 손은 호선을 그렸고 장권호는 고개를 숙여 피했다.

횡!

소맷자락이 머리카락을 스치자 '후두둑!' 소리와 함께 머리카락이 수십 가닥 잘려나갔다. 장권호는 고개를 숙인 자세 그대로 회전하며 우수로 임이영의 허리를 손등으로 가격했다.

팡! 팡!

손등을 막은 임이영의 손 그림자가 빠르게 장권호의 전신을 노렸고, 장권호 역시 물러서지 않은 채 빠르게 임이영의 손과 마주쳐갔다.

둘의 그림자가 크게 원을 그리며 돌기 시작했고 미세한 소음과 작은 바람이 주변을 맴돌았다.

팍! 팍! 퍽!

옷자락 스치는 소리가 크게 울렸으며 서로 다른 두 개

의 기운이 마주치는 소리가 울렸다.

쉭!

임이영의 좌장이 순간적으로 크게 변하더니 장권호의 주먹을 타고 미끄러져 올라갔다. 장권호는 그 모습에 재빨리 주먹을 거두고 우권을 뻗었다.

그러자 그의 옷이 회오리치듯 말려 올라갔으며 임이영은 지금까지 본 적 없는 강렬한 기운에 쌍수를 들어 장권호의 우권을 감싸 안았다.

팟!

공기가 찢어지듯 울리고 두 개의 손 그림자가 빛처럼 서로 스쳤다. 장권호와 임이영은 이 장 정도 떨어진 거리에서 모습을 보였다.

장권호는 연신 고개를 끄덕이며 무언가를 생각하는 듯 보였다. 그러다 우수를 들어 그 손에 쥐어진 소맷자락을 보였다.

그러자 임이영은 자신의 왼쪽 소맷자락이 찢어진 것을 보더니 살짝 안색을 찌푸렸다.

"제가 이긴 것이오?"

"자네가 잘 알지 않나?"

임이영은 말을 하며 한 발 옆으로 물러서자 그의 등에 가려진 소나무의 기둥이 나타났다. 그 중앙에는 또렷하게 주먹 자국이 보였고 곧 '후두둑!' 소리와 함께 주먹 모양의 껍질이 떨어져 내렸다.

"이런."

장권호는 씁쓸히 고개를 저었다. 소나무에 상처를 주면 지는 것이기 때문이다.

"승부는 다음에 하는 것으로 하지."

임이영이 미소를 보이며 말하자 장권호도 미소를 보였다.

"알겠소이다. 그런데 언제 다시 겨루는 것으로 하겠소?"

"자네가 결정하게. 나는 늙어서 움직이기 힘드니 자네가 찾아와야 하지 않겠나?"

"그렇게 하지요."

장권호의 말에 임이영은 수염을 쓰다듬으며 다시 말했다.

"오랜만에 속이 후련해지는 기분이네. 참으로 즐거운 시간을 보낸 것 같네."

"저 역시 즐거웠습니다."

"이제야 말투가 좀 존경심을 담은 것 같군 그래."

"하하하하!"

임이영의 농담에 장권호가 크게 웃었다.

"존경할 수밖에 없군요."

"존경하게나."

임이영은 고개를 끄덕이며 천천히 걸음을 옮겼다.

"다음 대결은 중원에서 하기로 하지."

"알겠습니다."

장권호의 대답에 임이영은 곧 모습을 감추었다. 그가 사라지자 장권호는 호흡을 고른 후 깊은 숨과 함께 천천히 자신의 집으로 향했다.

임이영이 장백파에 방문하고 한 달이 흐르자 삼도천에서 확약서가 날아왔다. 장권호는 약속대로 삼도천에서 지금까지의 일을 모두 없었던 것으로 한다는 약속을 받자 신검록이 황산에 있다는 사실을 알려주었다.

신검록에 대해 상당히 궁금했지만 자신의 물건이 아니기 때문에 미련 없이 알려주었다. 장권호가 약속대로 알려주자 임이영은 목적을 달성했기에 남궁명과 함께 중원으로 돌아갔다.

임이영과는 다시 한 번 대결을 펼치고 싶었지만 두 번의 대결은 없었다. 하지만 앞으로 있을 그와의 대결이 기대되는 것도 사실이었다.

임이영은 떠나기 전 장권호와 잠시 독대하였고 그가 한 말이 계속해서 장권호의 머릿속에 맴돌고 있었다.

"자네가 강호에 놓고 온 짐은 자네만 찾아갈 수 있네."

장권호는 자신이 놓고 온 짐이 무엇인지 잘 알고 있었다. 그것은 강호에서 만난 사람들과의 인연이었고 장백파의 일이었으며 무적명의 일이었다.

그 모든 것을 잠시 놓아두고 돌아온 장권호였고 임이영은 분명 장권호가 강호에 나타날 거라 여겼기에 그러한 말을 남긴 것이다.

노천봉의 높은 산봉우리에 올라선 장권호는 구름을 발아래에 두고 있었다. 넓게 펼쳐진 구름의 바다 사이로 간간이 봉오리가 보였다.

장권호는 마치 밤을 지새운 듯 그의 옷은 축축히 젖어 있었다.

"짐이라……."

장권호의 눈에 문득 강호에서 만난 수많은 사람들의 얼굴이 스치고 지나갔다. 사람들이 모두 지나가자 그의 눈이 커졌다. '펑!' 소리와 함께 구름의 바다 한가운데에 거대한 구멍이 뚫리더니 그 사이로 용이 한 마리 승천한 것이다.

그건 꿈같았고 환상처럼 보였다. 장권호는 눈을 깜박이다 그것이 환상이란 것을 알았다. 그리고 용으로 착각한 것이 서서히 떠오르는 해라는 사실을 알았다.

뜨거운 태양이 떠오르자 안개가 서서히 걷히고 장백산맥의 거대한 산줄기가 모습을 보였다.

장권호는 당황스러운 표정을 지었다. 그러다 자신이 용을 봤다는 생각에 저도 모르게 크게 웃었다. 아무리 생각해도 웃음이 나올 수밖에 없었다.

"하하하하!"

장권호는 그렇게 한참 웃다 곧 멈춘 후 잔잔한 미소를 입가에 걸었다.

한참을 웃었더니 홀가분해진 기분이었고 어깨가 가벼워지는 것을 느꼈다.

마음을 비우자 그제야 다른 할 일이 생긴 것을 알았다.

"강호에 다시 간다고 뭐라 하지는 않겠지."

장권호는 천천히 산을 내려왔다.

〈다음 권에 계속〉

「투신」, 「마신」, 「뇌신」의 작가
김강현 판타지 장편소설

巨神

거신

초고대 문명이 남긴 유적의 주인,
그가 기간틱 마스터가 되는 그 날
누구도 본 적 없는 강철 거신이 눈을 뜨리라!

dream
books
드림북스

역전강호
문우영 신무협 장편소설
나지막한 울림, 언제고 가시지 않을 진한 향취
『악공전기』, 『화선무적』의 작가 문우영이 돌아왔다
그의 집념이 완성시킨 또 한 편의 감성 무협
『역전강호』
오행의 기운을 일깨워 갈 길 잃은 천하를 진동케 하리라
dream books
드림북스